佈道後的幻象

米哈 著

故事文庫

序：佈道後的幻象

在一個絕對的封閉狀態下，一個完美的玻璃球在真空空間原地自轉，誰可以留意到它的存在與運動呢？

除非，有那一縷陽光——這是本書的主題。

在那年生日前後的日子，我開始整理累積了好一陣子的資料卡，這一個抽屜的資料卡都是「別人」告訴我的一些往事。這些「別人」，包括朋友、一些連相識也稱不上的一面之緣、夢裏的他，以及我（沒辦法證實是否準確）的記憶。

這些往事，或許稱不上曲折離奇，但往往有一些枝節，引起了我的興趣，又或抓住了我心裏的一點點的不舒服。當我遇上這些故事，坐到案前，我就將它們寫到資料卡上，慢慢累積。

這些故事，就這樣，寄存在我的抽屜裏。後來，我又將這些資料卡帶到不同城市的不同角落，酒吧、咖啡店、茶餐廳、公園、圖書館，陪伴我寫成一個又一個的「故事」。

我不懂得像散文作家一般寫「別人」的事而不致於不好意思，這一種分寸的拿捏很難。於是，我還是將「別人」的事，當小說一般寫下來，慢慢寫，有些寫到一半，寫不下去，但總算寫得成文的，都記在這本書裏。我沒有要分清楚在這裏寫下來的是哪一類文體。總之，我可以想到辦法寫下來的，都先寫下來了。

我想起了高更的一幅早期畫作《佈道後的幻象》。當時，高更厭倦了繁華的巴黎，離開了令他致富的股票市場，來到了小鎮蓬塔旺。他目睹人們聽完教會佈道後散場的情景，然後畫了這一幅畫。在畫中，一邊是蓬塔旺的農婦們，另一邊是正在與天使摔跤的雅各。什麼是真假？什麼是事實與想象？而我想：那一隻幻象，在哪？

我們都在等待我們的幻象，只是我們不知道這幻象會出現在過去、現在，還是未來。

米哈

目錄

I · 蓬塔旺的農婦們

II · 與天使摔跤的雅各

I・蓬塔旺的農婦們

我記得的小日

總有一些人，是你不用任何提示，不用翻查什麼記錄，你都會記得他的生日，而且往往不是預早記起，而是有一天，偶然看到月曆，忽然想起：哎，今天是他的生日。

這樣的人物，在我的經驗中不只一個，而他們都有一個共通點：曾經，他們都是我很親密的伙伴，曾經，在一段壓縮的時間中我們彼此親密，像夏天的舌頭與冰棒。那種有關「曾經」的感覺，有時甚至會讓我懷疑記憶的真偽：我跟你，真的做過這樣的事嗎？

她叫小日。

我認識小日，是大學一年級的時候，她是我文學院同學的宿舍室友，她讀體育系。我們第一次見面是在她們的宿舍房間中，一個約一百呎的房間，打開房門就是兩張單人床，床頭連着書桌，一左一右，右邊的靠牆，左邊的靠着兩房四人共用的洗手間，左邊屬於我的同學，右邊屬於小日。我記得，那一天，我從充滿女生洗髮香氣的走廊，轉入她們的房間，她正坐在床上，穿的是淺粉紅色的緊身背心與像排球褲一般短的休閒褲，膝上是一本日本潮流雜誌。她抬頭瞥了我一眼，然後露齒笑了一笑。我的同學在旁介紹說：「她是小日，我從小學就認識的朋友，你可不要打她主意啊！」

為什麼我要打她主意呢？而且，這不過是我們第一次見面。後來，我才知道，小日是系花，也是從小到大的校花，自中學以來圍着小日表演的男生眾多。所以，那時，我的同學告訴我「不要打她主意」的意思是，她很美。但，小日給我的印象，只有她很白很白的膚色和牙齒。現在回想，小日真的很美嗎？她有着鵝蛋臉，鼻子很挺，眉清目秀，身材也很好。

「但我不喜歡這個人」，這是我初識小日時的想法。當一個女孩自長大以來就給周遭的人肯定自己的容貌，而在她必然自覺的情況下，在一個以男性主導的體育系，以一個中性化的名字「小日」稱呼自己，並配上爽朗的性格設定，同時，保留着自己的標致，我想，她就是一個很會塑造自己的人，而且我感到她不但很會抓住大家的目光，也很懂得挑撥別人的思念。在別人眼中，小日就像《撒克遜英雄傳》中的蕾貝卡，一名柔中帶剛的率真女生，但我卻想像不到小日如何說出那經典的對白：「你對我說些奉承的話，有什麼用呢？」

我想，她就是喜歡奉承的話。但，我越強調自己不喜歡她，是否越顯得此地無銀呢？這也是我要說的故事。

小日是一個我不認為她長得好看，卻吸引了我目光的人，我對她性格與心機的懷疑，幾近到煩厭的程度，而且她對我的造作、自負，也討厭非常，儘管如此，我們又竟然曾經親密起來，而最終又不因為什麼，我們的關係消失了，留下了我一個關於記憶的疑問。

＊ ＊ ＊

你相信自己的記憶嗎？

我不太相信，我連這一刻那在褲袋裏的女皇頭硬幣是怎樣得來的，我也不太肯定，但我卻能肯定，我每天都跟她見面。

在我們認識的第一年，我與小日幾乎沒有任何來往，我們只是偶爾在校園中遇見，又或是她的室友（我的同學）約晚飯而同桌，我們會一行數人到附近屋村的茶餐廳，小日總是遲到，或早退。在我印象中，小日總是滿有節目，讓自己忙個不停，她到處結識不同的人，建立不同形式的關係，我不是在說她放蕩，我是說她的計算。相反，我只會上課、下課，然後回宿舍讀小說，以大學一年級的上學期為例，我應該花了整個秋天在讀「布朗神父」系列。

我對她的社交能力不以為然，但一桌子的朋友都會因為她的見識而感興趣，她也絕不欺場，每一次飯局的言談間，她都會自然地透露了她趕來赴會前與某位藝人下午茶，又或是抱歉要早點離席去跟某位代表隊運動員練習羽毛球。「小日就是有用不完的魄力」、「這女孩人見人愛」，無論她在場與否，大家（無論男女）都這樣誇獎她，而每次這女孩露齒一笑，就能夠令整個現場的氣氛歡愉起來。小日就是有這樣的魔力。我感覺，這女孩是活在另一個世界的，而個性無趣的我，遇上生活多姿多彩的她實在不合理，而這不合理的合理之處，在於我跟小日還是沒有熟絡起來，直至一年級完結的暑假。

住宿時期的暑假是很煩人的，因為你需要找一大堆理由跟家人解釋為什麼這幾個月不回家住，而那一個夏天，我有一個好理由：「我答應了當新生營的組爸，因此要留校準備。」事實上，準備的事宜也輪不到我負責，我只是間中到籌委會會長的房間，幫手做手工勞作，而那一位尊貴的籌委會會長就是小日的室友。

* * *

亞里士多德說，所有有能力認知時間流逝的動物，都有記憶，因此會「記得」。那麼，我之所以遺忘了我與小日的事，是基於我拒絕接受時間流逝的本能嗎？

尼采安慰我說，遺忘的存在從未被證明過，我們只知道有一些事情，當我們希望想起它們，它們卻並未有出現在腦海中。

那麼，我們是怎麼記得一件事情的呢？書上寫道，大腦皮層有數十億計的錯綜複雜的神經元，神經元通過電脈衝和化學物質來儲存信息，然後由海馬體產生重要的長時記憶，並且存放在大腦皮層。嗯，所以，我們又是如何想起一件事情的呢？

回憶中，有鳥叫聲、蒼蠅、紙包檸檬茶，那是一個悶熱的夜晚，我將剪了兩小時的一紙箱碎紙帶到她們的房間，順手敲了敲半掩的門就推門而入（我知道，這是我的無禮和粗心，但我也必須自辯地說，在宿舍裏半掩的門幾乎等同寫上「請進」的門牌）。在窩囊的記憶中，我的旁白說，我沒有看見什麼大不了的事。房間裏只有小日，她正在床上拉筋，剛巧是穿着我們第一次見面時的那淺粉紅色的緊身背心，只是這一次她沒有穿胸罩。

之後，我們去了吃晚飯。中間的對答與過程，我不太記得了，有關小日的回憶，我都是一個片段到一個片段的勉強回想起來，當中的連繫，甚至先後次序，我不太肯定，現在，我只是想盡量完整地，貌似連貫地說完我與小日的故事。

總之，不知道什麼原因，我們一起去吃了晚飯，我記得，在她的房間中，她從衣櫥拿了一件白色T恤到洗手間換，我坐在她的床尾等她（為什麼不是我同學那一邊的床呢？）然後我們離開了校園，到了市中心吃迴轉壽司，這是我們第一次單獨相處。到了餐廳，我們坐在近門口的位置，我從迴轉帶上拿下壽司，她點了幾款刺身，也點了清酒，這是我第一次在晚餐中喝酒，我平常多在飯堂要單餸飯配熱奶茶。最後，我發覺自己不夠錢埋單，連我自己的那一份也不夠，小日就這樣請了我一頓飯。

這個暑假，我們算是真正互相認識了，每隔幾天就會約見面，有時去看電影，有時吃飯，在另一個豐富世界生活的她，也帶給了我很多新鮮事。例如，有一天晚上，她問我吃過飯後水果沒有（其實在宿舍生活，不吃杯麵而吃正餐已經是健康生活的指標，哪有水果這物種的存在），然後她就帶了一盒「巨峰提子」到我的房間來。在那個年頭，巨峰提子絕不是一般超級市場就能買到的水果。

「喜歡嗎？」小日問。

「好古怪。」

「第一次吃嗎？」

「皮很厚，甜得很假。」我說。

「多吃一兩次，就會習慣的，就像咖啡和酒。」

「這提子的酒味也太難受了吧？」

「嗯。」她露出了一個我沒有見過的笑臉，沒有露齒，勉強形容就是目無表情。「明天可以幫我搬家嗎？我有兩袋紅白藍，想帶回宿舍。」

「為什麼找我？你的男朋友呢？」我心想，我沒有真的問出口，但我又真的疑惑，畢竟早兩天才見到她跟體育系的學長男朋友開心約會回來，為什麼要我這弱不禁風的書呆子來幫忙搬運呢？我不明白，也沒有多問，也不記得自己是否有心中暗爽（但我為什麼會懷疑自己會暗爽呢？那時的我們在曖昧嗎？）我記得，我只說了聲：「好的。」

聽別人説，小日住在半山區一帶的舊房子，父母是做房地產生意，雖然不是什麼名門望族，但她自小就出入很多宴會，認識很多社會名人。小日不是讀書很用功的學生，但在修女學校中，她很會守規矩，口甜舌滑，成績中規中矩，但好動活潑，因此受到老師和同學的喜愛。這些應該是我從小日的室友聽來的，好符合她在大家心目中的印象。那一天，小日卻帶我到了一個公共屋邨的單位，去幫手搬那兩袋滿滿的紅白藍尼龍袋回宿舍。

我的任務很簡單：在樓下等她，她上樓再下來，我接力拿那兩大袋東西，走一段十分鐘的二十度角向上斜坡，然後一起等的士回宿舍。兩個廿八吋乘三十二吋的尼龍袋，其實是黑白紅，而不是紅白藍。兩個袋，很重，我確認了裏面沒有藏着屍體，然後在那十分鐘的路上，我只能勉強拉動尼龍袋，貼地而行，裏面三尖八角的東西磨蹭着我的大腿，我半拖半拉地帶着它們走，心裏在盤算尼龍袋的耐力與路面碎石磨擦的較量。到了三分二的路上，小日看着滿頭大汗的我，說：「你還可以嗎？」她問我時的一張臉，是我記得這件事的最後一個畫面。十數年過去了，我才想起：那公共屋邨是否她男朋友的家呢？若再過十數年，我還會記得什麼呢？

* * *

有關創傷記憶，瑞士心理學家Jean Piaget曾經分享一個故事，他說，在他兩歲的時候，有天保母帶着他經過香榭麗舍大道，忽然有一名男子想搶走在嬰兒車裏的Piaget，當時，他的保母勇敢地保護他，跟這名男子糾纏，Piaget還深刻記得嬰兒車安全帶牢牢地綁着他的感覺，後來，終於有一名穿着短斗篷、拿着白色警棍的警察來到制服了那名男子。Piaget從兩歲起，不斷回憶起這段創傷記憶，直至他十五歲那年，他的父母收到那保母寄來的一封信，還有當時父母為了感謝保母而送她的一塊手錶。

信中說，保母加入了救世軍，決定要說出當年的謊話。整個故事，都是她當年編造的。事實上，沒有綁架，沒有那名男子，也沒有警察，全都是一個她編說的故事，但「千真萬確」地成為Piaget

的創傷記憶。因此，我明白，某一刻的創傷是否真的存在，其實並不重要，重要的是後來的你，覺得受了創傷，因此記得受了創傷，而那就成了真的創傷。

新學期開始，我跟在新生營認識的一個女孩戀愛，小日跟學長分手後，與一個擁有數項亞洲紀錄的明星運動員交往，我們的單獨見面少了很多，有時候會趁大夥兒一起晚飯後，我們兩個人找個地方喝兩杯才回家，很多時候都是她請客，然後說我一句：「你的錢都花到哪裏去了？」就這樣，大學的第二年過去，我在夏天出發到日本做一年交換生，小日說日本很近，她會常常來找我玩，但最後沒有成事，到我回來讀第四年的課程時，小日畢業，進了電視台當娛樂新聞台的記者，大家都叫她「小日姑娘」。

之後，有關我與小日的事，只剩下兩個我記得起的片段。

第一個片段是這樣的：在一個有秋意的黃昏，我突然收到小日傳給我的訊息，她說她病了，發燒，一個人病倒在家中，問我可否送飯到她家裏。這個訊息來得很突然，畢竟我們已經有至少大半年的時間沒有聯絡，但我也沒有半分的遲疑，取消了本來跟女朋友的約會去找小日。小日說不想我花時間煮東西，於是我到了她家附近的一個大型商場，買了一份外賣。

小日住在一個舊唐樓裏，她的單位在一條長長走廊的末端，那一條走廊又暗又濕，灰綠色的紙皮石、光管的白光、嚴重剝落的白牆，然後就是小日的單位。她沒有拉上鐵閘，也一如既往沒有鎖上大門，我推門進去，是一間二百多呎的房間，兩房一廳，我開了廳燈，也是讓人討厭的光管白光，廳中幾乎什麼都沒有，只有一張沙發、一堆報紙，還有一個一米乘一米大的鐵籠，裏面有兩隻兔子，一白一灰。整間屋，都是兔子的味道。

為什麼小日會住在這麼糟糕的單位裏呢？

我走到小日的睡房。她在床上病得半夢半醒，那是一張雙人床，床大得連房門都不能關上，床尾的麻質窗簾透進了在記憶中廣告招牌刺眼的霓虹光，紅紅綠綠的光打在小日的臉上，顯得她病得更厲害。小日勉強起床，坐在床上吃了兩口粥，然後又倒頭再睡了。

我坐在床邊，看着她發惡夢、確保她蓋好被子，期待她出一身汗便好起來，但是她沒有，只是在半夜醒來，跟我說：「你還是先回家吧，謝謝你。」

那一次道別後，我就記不起我們再有見面了。

沒有訊息、沒有電話、沒有約會。我怎可能沒有再問候她的病情呢？或許是有的，至少，這樣才算合理，但我就是沒有絲毫的相關記憶。之後，我們真的沒有再見了，無緣無故的就沒有再見。我只是偶爾在電視上看到她，看到她露齒的笑容。直至兩三年後，有一天，我忽然收到來自小日的訊息，這也是我記得有關她最後一個回憶片段。

短訊是這樣寫的：「那一次做愛是錯的。我真的不應該引誘你，我們真的不應該做這樣的事。我沒有辦法見你，我以為我可以，但我沒有辦法做到。」

* * *

莎士比亞的《亨利五世》有這樣經典的一幕，說到那一場以小勝大的 Battle of Agincourt ，寫道：「雖然老年人記性不好，可是他即使忘記了一切，也會份外清楚地記得，在那一天裏幹下的英雄事蹟。」

原題〈我記得的阿木〉載於《字花》第73期

帶小狗的女人

完成了接待單位安排的一整天行程後，我還參與了一場在校園飯店舉行的歡送晚宴，但到了第五道菜的時候，我說我要先走了。

我隨便找了一個藉口。那藉口隨便得我也回想不起是什麼。或許是說我要先回酒店收拾行李？還是，說我因為曬了一個下午而不太舒服呢？回到酒店，我換了一件薄薄的長袖白襯衣，沒有帶多餘的物件，就這樣獨個兒步行離開了北四環外的校園。我用走的。我要到哪裏去呢？

我要去找一間酒吧，我沒有酒吧的地址，連它的名字我也忘了，但我知道它在校園附近，至少，它曾經在校園附近。我相信如果我走到它附近，我會認得那一條從十字路口延伸出來的路，一旁是樹與燈柱，一旁是泊滿了車的長街，而那酒吧就在長街的盡頭。

＊＊＊

十五年前，下着雪，我們四個大學生趁夜裏的自由時間離開了訪問團入住的酒店，打算隨着燈光找吃的，最後，卻找上了那一間酒吧。

那是我第一次在下雪的夜裏在街上走，又冷又濕又滑，而且餓。在死寂的街上，居然給我們遇上一間正在營業的酒吧，我們也不管它是否有吃的，就進門取暖去了。果然，菜單上沒有菜，除了炸薯條，只有不同的酒。我不懂得酒，錢也不多，看見「拉弗格（十年）」的名字幾特別，價錢才四十元，於是便點了這個。

服務員問我：「要多少？」

我說：「四十塊？」

服務員：「就四十塊？」

我說：「是的。」

然後，他給了我一個空杯子。

直至，其他同學的啤酒都到了，我就問服務員「我的酒呢？」他指了指那一個「空杯子」。原來，空杯子不是空的，而是有一層薄得像一張黃色玻璃紙的酒，「四十就這麼多。」大家都笑了，我一飲而盡，覺得自己吃了一口紅藥水。後來，我才知道這像碘酒的味道，是拉弗格威士忌特有的口味，據說會讓人想起它的產地蘇格蘭艾雷島上的泥煤香，也因此成為第一支被查理斯王子頒發「皇家認證」的單一麥芽威士忌。這些都是我後來才知道的事，而當晚，我們四人，在那一間酒吧，很快樂。

我們走出酒吧，又回到北方的冬天夜街，她挽着我的手臂前行，大家都穿上了厚厚的羽絨外套，我們的皮膚都沒有碰到彼此，但卻感覺親密。那是一個灰白色的冬夜，我們的笑臉都是紅紅的。

* * *

我從酒店大門走到行車馬路，五分鐘多的路程，身上的白色襯衣已經半濕了。日間烈日留下的熱力，到夜裏還未有散去。眼前的景物明明是開揚的，熱空氣卻凝結糾纏於街上。我決定往南面前行，嘗試找那一間酒吧。

為什麼是南面呢？其實，也沒有什麼原因，反正就是賭運氣，找到了是運氣，我不到也不算什麼。我不懂得賭博，我意思是我從來沒有搞清楚那些在彩票上劃來劃去的規則，但我知道賭博是關於或然率，而如果擲公字的或然率是一半一半，硬幣的一面不是公，就是字，其實也不錯，凡事只要努力兩次就會有一次成功，也算是很高很高的回報了。所以，現在是沒有人賭公字的，這是一個喜歡複雜和叫人失望的世界。

我從東門出發向南方走，穿過了兩三個十字路口，而每一個十字路口都像我心目中的十字路口。我走了大概四十分鐘，越走越感覺渺茫。我肯定，我們當天沒有可能在冰天雪地走上四十分鐘。再者，面前的路越走越靜，行人也越來越少。憑我的常識，這樣的街道不會有酒吧，但我又安慰自己，我的常識，在這裏，未必通行。

晚上十一時多了，我走到了一個街燈再暗了一度的小區，大街變成了小巷，而小巷裏我看見一個大概跟我差不多年紀的短髮女子，她身材不高，一個人在散步，穿着一件黑色背心、運動短褲，後面有一條純白色的獅子狗跟着她搖搖擺擺地走。

白毛獅子狗看見了我，停下了腳步，而我也停下了腳步。帶小狗的女人淡淡一笑，說：「牠不咬人的。」

「我怕牠怕我而已。」我說

「哈，牠才不會怕人，牠兇死了。」女人說。

我愣了一下。她見我沒有接話，打算走了。

「哎，」我卻又叫住了她。「請問一下，這附近有酒吧嗎？」

「酒吧？跳舞那些嗎？」

「不是夜店，就是喝酒聊天那一種。」

「也沒有吧。都遠着呢。」

「多遠呢？」

「就這一條路，走到底，好像是有一家。」

「請問大概走多長時間呢？」

「二十分鐘吧，我也不知道。」她嘴角露出一撇怪異的笑容。

「謝謝您啊！」我說。然後，我便向她指示的路走去。

東南西北四個方向，四分之一的機會，我選了南方，走了四十分鐘。現在，她指示我向東多走二十（或更多的）分鐘，去看一看有沒有一家酒吧。就算那裏真的有一家酒吧，我想，「今晚我是肯定找不到那一間酒吧的了。」於是，我走了兩三步，便轉身向那帶小狗的女人說：「其實，我可以陪你蹓狗嗎？」

「蹓狗？」她問。那應該是因為我發音的問題，她不肯定我要說什麼。

「就是陪你走走，帶小狗。」我說。

「哦，可以啊！」她乾脆的說好。

我懷疑她是獅子座。我不知道這是不是跟她帶了一隻獅子狗有關，但我這樣突如其來、奇奇怪怪的要求，她居然一口答應。其實連我自己開口問了以後，我也有點後悔。但事情，有時就是會這樣發生。

「你過來幾天了？」她問。

「五天。」

「今天是最後一天？」

「對啊，你怎麼知道？」

「因為啊！」她拉長了尾音。「你們這些人，都會在最後一天幹一些奇怪的事。」

「奇怪的事是陪你帶小狗嗎？」我不敢再說「蹓狗」二字。

「就很奇怪啊，莫名其妙的喲。」

「那我們『這些人』是什麼人？」

「就是莫名其妙的人。」

「哪有莫名其妙的。」對，其實我也覺得自己莫名其妙。

「就是！你們這些人就是覺得女生不會拒絕你。」

「哪有！」我說。「但你也真的沒有拒絕我啊！」

我們就這樣聊起來了，像一對認識了很久而重遇的朋友。我的白話説得不標準，但她出奇地能夠聽懂我一些廣東話。她跟我說，她的戶口不在這裏，但她是在這裏長大的，爸媽都退休了，住在城外，她自己在這邊開網店賣一些小飾品。她的手上沒有戒指，但她的運動褲是沒有口袋的，放不了鑰匙，而她也沒有帶手機。也許，那家裏有人在等她回家。但，為什麼她可以無顧慮地跟我一直走，一直聊下去呢？

我們在小區裏繞圈，白毛小狗跟着我們走，牠不太親近人，總是與我們保持距離。我們聊了半個小時，説到她喜歡的一套港產鬼片的時候，我們找了一個花槽坐下來繼續聊，小狗自己在燈柱與燈柱之間跑來跑去，不知道在追什麼。

「小狗叫什麼名字啊？」我問。

「花兒。」她説。那時候，其實我是聽不懂牠叫什麼的，直至我知道了那名字的由來。

「為什麼這樣叫牠呢？」我問。

「因為啊，」她把小狗叫了過來，用手圈起了牠頸部的位置。

「這裏有一些毛灰灰的，像一朵花。」

「像嗎？」

「哈哈，其實不太像，但牠的主人覺得像。」她說。

「而且很老氣。」我笑說。

「對，就是老氣。」她點點頭笑說。

花兒的主人，是誰呢？我沒有繼續問下去。既然她說了「牠的主人」，而不是說「我的某某」，那我又何必再問下去。花兒，可能是她爸爸的狗，或者是她的一個室友的狗呢？她不過就是一個剛剛認識的人，我究竟在糾結什麼呢？我太奇怪了，而最奇怪的是，我居然問了：「這附近有洗手間嗎？」

我發誓，當時的我真的是因為已經走了快兩個小時的路，所以想找洗手間，但試問在一個住宅區的深夜裏，哪裏能給你找到一間公共洗手間呢？果然，她說了一句「你要上廁所嗎」之後，便帶我到了她的家。原來，我們一直坐在她家的樓下，這是一幢小洋房，她住在三樓。

她根本沒有鎖門，我們推門就進去了。屋裏有點悶，客廳正正方方的都是一箱箱的紙盒子與她賣的東西。放在這麼大的一個屋子裏，家具都顯得很小，但當我坐上沙發時，我又覺得我自己的家，應該放不下這沙發。

我上完廁所以後，花兒已經被她鎖在籠子裏了。

她說，小狗會在客廳的紙箱堆搗亂。然後，她再問了我一次：

「今晚，你找不到那一間酒吧，真的不重要嗎？」

「其實，」我說：「我也不知道它是否還在呢？」

「知道了，也就沒有重遇的意義了。」她說。

她從廚房拿出一個西瓜，問我要不要吃。我說「好啊」，然後我們就開始吃西瓜。這西瓜跟我平常吃的西瓜，口感很不一樣，瓜瓤脆沙，卻有很多很多的核，吃起來很甜，但又很不方便。後來，我才知道，我當天吃的西瓜叫大興西瓜，早於一千年前已經是當地盛產之物，更曾經是朝廷貢品。

＊＊＊

離開的時候，我們沒有交換聯絡。朋友都說，我這樣的做法很虛偽，因為我既然知道怎樣走到那一個小區，又知道她大概什麼時間放狗，如果我要再見她的話，也不是什麼不可能做到的事。我有幻想，若我與她再碰面的話，究竟會是怎樣的情景呢？大門打開，那條熟悉的白毛獅子狗跑了出來。我會大叫牠「花兒！」我的心會劇烈地跳動起來，興奮不已，但，那帶小狗的女人叫什麼名字呢？

原載於《字花》佚期

健身房樓上

你喜歡作弊嗎？

小時候，讀書不用功，考試、默書都要靠作弊，漸漸竟然培養出興趣來，喜歡作弊的刺激，喜歡思考各種作弊的手法，享受東窗事發後自圓其說的荒謬。在考場中，最令作弊的歡悦窒息的人，不會是好努力一行一行巡邏的年輕老師，也不是那些在案上埋頭改卷的懶惰老頭，而是會隱形的老師，從開考的第一秒到停筆，他就在課室的最後方，在所有人的背後，我們沒有一個人能看到他，只知道在每一刻，或許，他都在看着你。

然而，在沒辦法一定能成功作弊的情況下作弊，才稱得上刺激。站在背後的他，成功製造了恐懼、自律、控制，也成功提供了我踰越的可能，以及快感。

後來，不知道是作弊變得日常，還是再沒有找到必須要作弊的理由，作弊的想法給我丟到了腦後，直至那年冬天，我在健身房遇到他，他站在我跑步機後盯着我跑步的眼光，竟然喚起了我小時候的感覺。

那時候，他才三十歲。剛認識時，他說自己無業，遊手好閒，後來他又說自己是靠操作股票買賣賺零用錢，也聽過他說是靠父親的遺產買賣物業致富，是真是假我不知道，但他可以每天上午九時這上班族的繁忙時間，到健身房跑步也是事實。

在他來到之前，這個上午九時的社區共用健身房的跑步機，只有我一人會跑步至汗流浹背，其他的白頭翁都一邊看報紙，一邊踏踏步機，又或一起圍着騎馬機談論昨日的時事。耳朵是不寧靜的，但氣氛倒算安逸，有一種退休生活的感覺，而這也是我選取這時間到健身房的原因，不需要輪候舉重的機械，不需要聽到爭艷鬥麗的用力呼氣聲，而可以一個人在沒有人注意的氣氛中看着跳字的倒數時間跑步，感受到汗從皮下積聚的痕癢，以至終於汗濕的快感。我想，這些老翁也會覺得我是遊手好閒的人，沒有工作，付了數十元的月費，就每天來做運動發洩精力，就像我初時以為他也是如此。

在那一個夏天的早上，他開始在這健身房出現。個子不高，穿一身黑色透氣的時尚運動衣物，有一種乾乾淨淨的感覺，從此，他每天都是同一個時間，穿同一款衣着，出現在健身房。他說，這麼規律的生活是自他在美國讀大學的習慣，簡單的嚴謹生活是他的理想，於是穿同一款式的衣服就不需要花心神選擇衣服，每天按時活動更是他的一份安全感。「這樣康德式的生活不悶嗎？」這一條問題，直至我們最後失聯了也未有機會問他，又或者說，直至分開，我們也沒有熟絡到讓我能夠從容問他的地步。

在談他之前，我還想多說一說關於健身的事。為什麼人要健身呢？中學穿緊身褲的體育老師說，古希臘和古埃及人已經會以舉重石塊來鍛鍊身體的習慣。畢竟那是一個人與獸相鄰的古舊國度，人的身體還是原始的武器，那麼現代人又為什麼要健身呢？應該是為了美，又為了展示，就像十九世紀的 Sandow 先生示範給世人在目光下展示身體美的愉悦何其厲害。那麼，我又為了什麼與一班白頭翁在跑步機原地踏步呢？就像一隻倉鼠，在籠裏四處撞牆，到最後還是乖乖地自願走上那轉個不停的怪圈一直往前地原地跑，然後就有了快樂，而有去健身房的人都明白這種快樂，在肌肉還沒有美得可以展示時，我們就想展示它，展示健身的快樂。更有趣的是，這也是有去健身房的人都明白的：明明我們都體驗過去完健身房後的快樂，但偏偏，我們就是會有理由放棄，「肌肉今天要休息一下」、「太累做運動會受傷的」、「今天時間有點趕」，而往往像新一年寫一本新日記一般的半途而廢。

說回他。雖然不知道其他人到健身房為什麼會有動力在跑步機上跑，但對他來說，每天準時九時正踏入健身房，十時半完成運動，十一時離開是他證明自己有多「privileged」的事。「你想一想，要有多幸運，多奢侈，在這個大家都在車廂中補眠，或在辦公室一邊吃早餐一邊回電郵的時間，我們在這裏按着自己的時間表，喚醒自己的身體。勤力地遊手好閒。」他說。「而且，一大早做運動，是最好喚醒身體的方法，我不相信意志的力量，人都很弱軟，當你在床上睜開眼，以為自己的心聲喚起了身體，其實是假象，是你的眼睛張開了，於是你的意識局部甦醒，身體才是最實在的，身體都活躍了，意識才會清楚起來。你知道為什麼狗會打呵欠嗎？」

他就是如此喋喋不休的人，總是説着自己的一些道理，而我，又總是靜靜地聽着。我想，或許他不會知道自己的想法跟笛卡兒同出一轍。三十歲的一個人就如此振振有詞地推廣着自己的一套價值觀，或許未來的三十年，他都會不斷重複自己的道理和笑話。不過，就我認識他的時候來説，他是真誠的、有趣的一個人。

我們在社區的健身房認識，在跑步機和落地玻璃前，他告訴了我這個故事，有好多細節，而我加了一些想像，把他對我説的記錄下來。

* * *

二十八歲的秋天，他辭掉了在銀行的工作。這個決定的過程來得很突然，早上還在擁擠的車廂中準備着會議的簡報，中午飯後收到父親離世的消息，他就向上司呈交了辭職信。彷彿災難應急措施一般，他早已經安排好父親死後的程序一、二、三、四，與其說是災難，這更像一個等待已久的消息。他不能夠表現得太雀躍，他甚至要表現得有點難過，於是他要以「個人理由」請辭，心裏盤算這「以後」的生命應該怎樣走下去呢？

「我應該搬回去那一個大宅嗎？還是將它賣了呢？」他坐在餐廳靠窗的一角享受着他得到了「自由」後的第一頓下午茶。這日子的來臨比他想像的來得早了一點，他本來以為自己還會有好一段日子去經歷一般城市人的生活。他沒有討厭這樣的生活，每天上班下班，下班後也因為工作辛苦再跟同事吃喝消遣，然後夜裏回家帶着醉意爬回床上，沒有意識地等待要起床上班的時間。他沒有討厭這樣的生活，因為他知道這都是暫時的，直至這一天來臨，他真正沒有了家人的責任，也再沒有擔心生活的考慮。

花了數個月時間，辦好了各樣手續後，他搬入一座新建成的屋苑。屋苑的設計走豪華路線，大堂是大理石紋材質配塑膠水晶吊燈的裝潢，有三層的地下停車場，然後是兩層的生活百貨與餐廳，平台設有會所，裏面有泳池、會議室、私人放映室等等，以及健身房。那時候，他決定了再不上班工作，而在家裏買賣股票，就像這城市一個讓人夢寐以求的童話一般，因此他特別選了這個屋苑，他看中了這個家庭式的屋苑設計，而且是屬於中產家庭的很貴的住宅，在這裏住的人都要很努力工作賺錢，小孩也要準時上學，放學後參加各式各樣的興趣班和補習班，因此，在辦公時間的屋苑裏都沒有多少人，他可以好靜地、方便地生活。

有一天他站在屋苑會所蒸氣房的全身鏡前，看着自己的身體，感到了一份實在的陌生感，「原來我從來沒有認真看過自己的身體。」他對我說。「為什麼呢？因為我太瘦了。」從小學開始，他就是別人眼中的瘦弱小孩，長大了他也沒有脱離每次跟朋友碰面都會以「你怎麼又瘦了」作開場白的命運，他想：難道這些人不能明白人是不可能一直瘦下去而不化為灰的物理邏輯嗎？他的介懷，顯而易見。站在鏡前，看着胸前像掛上了一隻大蜘蛛的胸骨，活像 Louise Bourgeois 的雕塑，他想：「我真的太瘦了。」

他回到家裏，躺在床上望着天花板的空白，呆呆的過了一段時間。突然他好像想通了什麼似的，「原來我不只是介意自己瘦，不單是這樣，我是覺得我再沒有理由逃避自己的缺點。」他決定，他要在這三十歲人生轉向的關頭，把握時間處理掉自己一直耿耿於懷的事，他要成為讓自己喜歡的人。增肥，是他第一個要達到的目標，隨後的包括用流利的英語點菜、整齊潔白的牙齒，以及學會彈琴。

「因此為了強壯的身體，你開始到健身房了。」我說。

他點點頭，「反正樓下的會所就有健身房，而這一區的私人教練也滿多選擇的，我好自然就開始我『改善人生』計劃的第一步，只是想不到在練出滿意的體態前，我得到了『更美麗』的東西。」

「愛情嗎？」我試着問他。

「女人。」他說。

「現在的人都好喜歡說愛情是最美麗的。」我說。

「是噢，在還是美麗的時候，是美麗的。」

「應該是吧。」

「但是，我可以告訴你，我這一段愛情真的是夠轉折，也夠離經叛道，我根本沒有辦法阻止自己的沉溺，我簡直是像染了毒癮一般地愛她，而最荒唐的是，她是別人的老婆。」

「是嗎？」我心裏想。我沒有真的將這輕蔑的回應說出口，因此我沉默不語。現在回想，大概他會以為我被他的愛情故事所震撼，但其實我是為了那重複的套路和俗氣的比喻而無言，後來我將這一小段想法寫成了散文，刊登在一本年輕的文學雜誌上，大概是說：畢竟所有人都以為自己的愛情是獨一無二的，我們見慣不怪，但也不用故作看破紅塵，因為那一份獨一無二的假象，就是愛情的本質。因此，我決定不說什麼，繼續聽他說。

＊＊＊

他是在屋苑的會所健身房認識她的。

對方是小他三歲的「女人」，這是他給她的代名詞。結婚前，女人在木球會會所當侍應，在那裏認識了她的丈夫，後來他們有了孩子，她就當了全職母親。每天早上，七時二十分，她便起床準備早餐，八時十分喚醒丈夫和兒子，待丈夫出門送孩子上幼稚園後，她便會打掃一下家居，然後九時十分到樓下的會所跑步。

九時十分，剛好是我朋友出門到健身房的時間。

每天，他都比她早一點到達健身房。他住一座，女人住七座，而會所在二座與三座之間，於是他便賺了一些路程。跟社區健身房沒有兩樣，他的會所早上也是有不少上了年紀的退休人士，而且會所的健身房比社區大樓的小，更顯得多老年人。因此，他都會選擇靠着健身房右側鏡牆的跑步機，而她，往往會用他左邊的跑步機，平排一起跑步三十分鐘。

他們就這樣在跑步機上結伴了兩個多月而沒有任何交談。當然，他早已經留意到她的存在，透過鏡子的反射，他注意到她短髮下的undercut、無名指上的戒指、緊身褲下圓渾而結實的臀部。他只是沒有找到談話的機會，直至秋天的一個早上，她的跑步機按鈕有點失靈，他便抓住了時機認識對方。有了第一段對話，之後的都是順理成章。

他們想當然的投緣，彷彿有不完的話題要談。真的是「要談」，而不是「可以談」，因為他們都有一種內在的迫切性，要將遇上對方前的人生都盡快告訴對方，鉅細無遺。至少，他是這樣認為的。他們漸漸發現彼此的生命都有很多巧合。例如，他們都喜歡喝咖啡，而且是罐裝咖啡，更是某一牌子的、多奶的、甜得不配稱之為「咖啡」的那一款罐裝咖啡。當然，這也給了他莫大的機會，表演他的學識。從一九三八年即溶咖啡的發明，到十五世紀的天主教徒如何視咖啡為「撒旦的花朵」，而教皇克萊門特八世卻又喜歡上咖啡，並要為這「撒旦的花朵」洗禮，以至古老的埃塞俄比亞山上吃了紅色漿果的跳舞羊群傳說，他一一娓娓道來，而她總是面帶微笑地聽着。

他們感到的巧合，又是他所謂的緣份，還有很多，如他們都喜歡黑色，而且都不吃辣。他們在初中的時候，有大半年時間在同一區上學，而且乘搭同一條地鐵線上下課，他們相信，他們一定有在當時遇見過對方。他們還一起幻想如電影鏡頭一般不同錯開的情節。他還跟她的丈夫喜歡了同一隊球隊，以及同一個車款，而且他們兩家的單位，雖然是不同座數，不同樓層，卻巧合的是同一個大小，同一個間隔，睡房對着同一片風景。

「我們的開始是很純粹的。真的。」他對我宣稱。

最初，他們的約會是，去健身房前先到附近的茶餐廳一起吃早餐。後來，他們嫌麻煩，就約了在他家中，一起吃早餐。吃早餐的時間，越來越長，在健身房的時間越來越短，最後他們甚至不往健身房去了。他們在他的家吃過早餐，然後上床，到中午，她就去接孩子下課。當然，他們交換了電話，在日間也會互相傳短訊，但他們規定了不可以在下午六時後找對方。這看似從容不迫的關係，卻慢慢蠶食了他的意志。

「跟她的關係，使我變得越來越脆弱。」他說。「我本來沒有打算和她有更進一步的深交，只是想順其自然，維持簡單的關係，但原來肉體的關係，從來都不簡單。性的滿足，使我想得到她的一切。」

「所以你要求她離婚？」我問。

「沒有。」他說。「我希望她自願離婚。如果她有與我一樣的感受，她應該自己想到離婚的，不是嗎？」

「但她沒有？」

「不是沒有，而是不置可否。她說，她有跟我一樣的感受，在我們前半生都沒有嘗試過這麼強烈的感覺。」

「是指性嗎？」我問。

「不只是性。這是會令人揪心的關係。」他說。「尤其，當我變得越來越脆弱，越來越麻煩。」

* * *

他們的交往，在沒有曝光的情況下，有紀律地持續下去。紀律，是他定義的紀律。她會按他的規矩跟他相處，而他的規矩越來越多：在社交網絡不能貼出幸福的家庭照、週末不要聯絡對方、見面時不能戴着婚戒、從不能說她與丈夫的性生活，慢慢擴展到不能說她丈夫的任何事，包括丈夫的家人、工作，以至到後期連她們孩子的事也不能說了。可想而知，對於一個沒有工作的主婦而言，她再沒有什麼可以跟他談了。

他們的相處，越來越困難，在日間他還能夠以跟她瘋狂的性愛壓制心中的妒火，但到晚上他在同一張床上，幻想着她在不遠的平行空間，在同一場雨下，正在跟她的丈夫瘋狂做愛。這是他的幻想，無論是真是假，這是他的真實。

當他開始失眠，他知道，她正式瓦解了他自以為是的生命。他沒有了自負的資格，他失去了高高在上的傲氣，他成為了一個斤斤計較的人，滿口怨言的討厭鬼。他開始討厭自己，也成為了一個會為難對方的人，他終於要求她離婚，而她以行動證明，她不會。

法國哲學家巴代伊説，一個生命與另一個生命之間存在着一道深淵，彼此不連貫，而情色的最終目的不外於以深厚的連貫感覺取代個人孤單的不連貫，但巴代伊又説，情色，是既成模式的瓦解。聽着他的故事，思考他與她的性和愛，我想，當她成為了他的情色對象，甚至成為了他生命的情色之全部，而情色，又是對既成模式的瓦解，那麼，他要求她離婚的一刹，他與她之間的性、愛、情色，通通都不能夠再成立。我沒有跟他說我的想法，因為他沒有聽得懂的條件，對他來說，她不願意離婚的舉止，不過就是背叛，徹底推翻了他們的一切。就此，他們再次成為兩個互不連貫，又自我不連貫的生命。

他沒有跟我透露更多有關他們之間拉拉扯扯，來來回回的糾纏事，他只說，最後，在不斷挑戰自己耐力和談判條件的情況下，他們的關係維持了三年多。她的小孩從兩人初識時剛剛讀幼稚園，到分手時準備入小學。就在她的孩子生日那一天，在他想像着他們一家快樂慶祝的晚上，他決定分手。他沒有搬離那個屋苑，但也沒有再到會所的健身房去了，緣份的奇妙也讓他們再沒有碰上對方。

「離經叛道，是嗎？你說，我跟這女人的事，多麼離經叛道。」他說完了故事的結局之後，在自動販賣機按下了一罐運動飲料，然後我們兩個人無所事事地看着跑步機上兩個年輕女性的背影。外面的日光剛好從全身玻璃折射到她們的頸背上。

我和他在這間健身房認識了差不多兩個月，他斷斷續續地跟我說他的事，而且反覆地跟我核實他的事是否很離經叛道、是否很值得寫下來。我沒有告訴他，我真沒有覺得他的故事有多特別，也沒有告訴他，當時的我也跟一個有丈夫的圖書館管理員交往了兩年多，那圖書館就在健身房的樓上。

原題〈打哈欠的狗〉載於《字花》第67期

瘦骨仙

「空氣中仍有些東西，陌生而捉摸不定的東西，一種難以忍受的奇特氣氛。彷彿逸散開來的氣味，有股外物入侵的氣味充塞於住家和公共場所，改變了食物的味道，讓人覺得好像在旅行，好像來到一個遙遠的地方，進入了野蠻而危險的部落裏。」——莫泊桑《脂肪球》。

中二C、D班的旅遊巴，在駛往彭福公園的公路上。

那一年的秋季旅行，初中三個年級的學生去彭福公園，高中三個年級的學生去長洲。當中二C班的學生知道消息時，都嚷着這安排太不公平，而教世史的班主任只是冷冷一笑回答：「覺得不公平，那你們就快點升班啊。」然後便繼續在黑板上抄寫筆記，從右上角，直行照着手中筆記抄寫到黑板的左下角。

「可以快的嗎？」瘦骨仙心想。「升班，是可以加快的嗎？」瘦骨仙，是他的花名。據說，從前的「花名」是用於藝妓的，以創造她的神秘美，而現在，花名是為了取笑人，以指出他的弱點、他的滑稽。所以，花名，不同於綽號，綽號是讚美的，又所以，「大隻仔」是綽號，「瘦骨仙」是花名。瘦骨仙的花名，或許從他出生開始就有了，他出生時不足五磅，之後體弱多病，個子又長得矮。從幼稚園起，到小學，直至他到了中二，瘦骨仙總是班上列隊時頭一兩名。

又說回來，瘦，在一眾給人取笑的缺點中又不算是什麼大缺點，不怎樣突出，不怎樣可笑，於是瘦骨仙雖是一個花名，卻又是不太顯眼的花名，像瘦骨仙本人，沒有多少存在感，連成為眾人群起針對的資格也沒有。

旅遊巴在高速公路上行駛，瘦骨仙的頭倚在車窗邊的橫置扶手柱，隨着行車的起伏，頭殼輕輕地敲打鋁製扶手，耳朵聽到叮叮噹噹，耳朵旁邊感受到一陣陣有節奏的震動。「為什麼好玩的事，旅行、水運會、陸運會，都只發生在九、十月呢？這是要我們盡慶了開學的日子，之後就只有讀書嗎？」瘦骨仙一邊敲打着頭殼一邊想。

叮叮噹噹的節奏，敲打得越來越慢，最後，甚至停下來了。瘦骨仙的頭倚在車窗扶手往外望，旁邊的車子也跟旅遊巴一樣停下來了。車子，都在公路上堵住。

「到了嗎？」

「是撞車了嗎？」

「我爸爸上次也撞車呢！」

「大家安靜一點。」

「一定是撞車了。」

「上次去美國旅行時，去機場時，我們的車也塞了很久。」

「肯定是前面撞車了。」

旅遊巴上的五十多人，有三分之一在睡覺，有三分之一在嘻嘻哈哈，有三個人在緊張，兩個班主任加司機先生。隨着車子繼續一動也不動，睡覺的人變成了六分之一，還有六分之一的人在聊天，其餘的都很安靜，有不少人在緊張，更多的人是鬱悶。

這時候，瘦骨仙從腳底拿出了他的健康護脊大背包。他先從背包裏拿出了一包印有Hello Kitty的士多啤梨味棉花糖、一桶芝士圈、一排六盒的果汁、一包黑色包裝的花生朱古力、一包原味的彩虹糖，還有一大包獨立包裝的芒果味椰汁布丁，以及十二枝魚肉腸。

瘦骨仙前後兩行同學的目光，無不射向他。瘦骨仙打開了士多啤梨味棉花糖的包裝，而他前排的同學盯着那棉花糖說：「瘦骨仙總是準備充足的！」瘦骨仙抬頭望向他：「你想吃一點嗎？」瘦骨仙開始將零食一包一包傳送給車上的同學。

＊　＊　＊

在秋季旅行前的一晚，母親帶了瘦骨仙到超級市場。

「我們來買一點明天去旅行的零食吧！」母親一邊比較哪一包米打折扣後比較便宜，一邊對瘦骨仙說。同一樣八公斤的泰國米，A牌子比B牌子便宜二十三元，但如果B牌子買兩包的話，送洗潔精。於是，母親便推着購物車去看看洗潔精的價錢，瘦骨仙拿了一包香口膠回來。綠色包裝，片裝的，一包六片，薄荷味。

「這就夠了嗎？」母親說。「買多一點吧！也可以分給同學吃。」

「零食好貴的呢！」瘦骨仙說。

「沒事，不就是一年一次旅行嘛。多買一點，請同學吃。」母親說。

瘦骨仙的家庭不算窮困，三四年一次出國的東南亞區短程旅行，還是可以應付的，只是相對於他同學的家，瘦骨仙的確不算富有。富有與否，在小孩之間不應該構成什麼問題，至少瘦骨仙的班主任與母親都這樣想，但在剛入中學後的第一個家長日，班主任跟母親說瘦骨仙跟其他同學不怎樣合得來，這件事卻讓母親十分介意。

「多買一點吧！你不吃，也可以分給其他同學啊！」

「他們不會想要的。」瘦骨仙說。

「不會啦。小孩子見到零食就會興奮。」母親將士多啤梨味棉花糖、花生朱古力、彩虹糖都放到購物車。

瘦骨仙心想：「我就不喜歡吃零食了。」

＊　＊　＊

旅遊巴慢慢移動，瘦骨仙將一包一包的零食打開，芒果味椰汁布丁最受歡迎，其次依序是魚肉腸、果汁、士多啤梨味棉花糖。反正數量越少，就越受歡迎，跟口感、味道沒什麼關係。

瘦骨仙看着大家的嘴巴開闔、吞嚥、咀嚼，大家都在自己的位置傳遞瘦骨仙的零食，吃得起勁，而不愛吃零食的瘦骨仙，一口也沒有吃，心裏卻感到喜悅——跟同學一起旅行的喜悅。

無論在哪一個世紀，人類的文化都引導大家吃了別人的東西，至少要跟那人談談話。就這樣，瘦骨仙與同學聊起來，話說得少，零食吃得多。

瘦骨仙的大背包空了。一大班同學輕易地將瘦骨仙的零食吃個清光。路上的情況也慢慢回復正常，大家心情都好起來，尤其瘦骨仙，儘管自從吃完零食後，大家跟瘦骨仙聊天的氣氛稍為變淡。

不一會兒，車子終於到了公園。車門打開，一陣小騷動後，大家都跟着老師的指示自行分組野餐。同學們打開餐布，各佔地方，有的在樹下，有的靠着大石，然後各自從自己的背包拿出了零食放在野餐布上，場面就像一個賣零食的假日市場，而瘦骨仙卻沒有人邀請入組，他獨個兒背着自己的背包，靠着一個消防水龍頭，站着。

＊　＊　＊

話說，最新的檢驗報告出爐，發現不少受歡迎的零食，都有對小孩發展有不良影響的人工色素，例如士多啤梨味棉花糖，含有麗春紅4R（E124）、芝士圈含有檸檬黃（E102）、果汁汽水含有喹啉黃（E104）、雜果味軟糖含有淡紅（E122）、花生朱古力含有日落黃（E110）、魚肉腸和芒果味椰汁布丁，即含有誘惑紅AC（E129）。

原載於《虛詞》佚期

凱恩斯學會

我曾經是一名凱恩斯學會會員。

我是在大學圖書館三樓的自修室遇見凱恩斯的。「凱恩斯」是一個代號，這也是凱恩斯學會的傳統，只要那一位學長成為了當屆的凱恩斯學會會長，大家都會尊稱他為「凱恩斯」。凱恩斯學會跟其他大學學會有很多不同的地方，例如每一屆會長的任期為三年（一般學會是每年選新會長的）、會長由畢業了的元老會員（而非在學會員）選出，而最關鍵的一項，也是為什麼凱恩斯學會可以如此自成一格的是：凱恩斯學會的經費，全部來自於一個匿名的私人基金會。只有凱恩斯與元老會員，才有方法聯絡基金會聯絡人。

無論凱恩斯學會如何宣稱他們只是一個研究凱恩斯生平與學

說的興趣小組，凱恩斯學會還是給大家一種相當神秘的感覺，也令到凱恩斯成為了大學裏一個像「神話人物」一般的存在，大家對凱恩斯有很多幻想與傳言，說他是門薩協會資深會長，智商達一百六十，又說他不好女色，反正就是各種沒有人能證實的說法，同時，大家對凱恩斯敬而遠之。

凱恩斯長期在圖書館的自修室讀書、寫筆記。他有一張國字臉，下顎方正，頭髮與眉毛濃密，感覺比同年的大學生要老二十多歲。當我第一次親眼見到他的時候，他的真實形象跟我想像中的差不多：扮演着一個憂心忡忡的老學究。那天，我鼓起勇氣走到凱恩斯旁邊，跟他說話。那是學期的最後一天，如果我錯失了這個機會，或許要多等數個月才能再見到他。當我正要開口的時候，凱恩斯先說話：「同學，你喜歡讀書嗎？」

凱恩斯與我的第一次對話，花了四個小時：為什麼布雷頓森林國際經濟體制這麼重要？貨幣政策如何熨平資本主義的經濟波動？利率如何影響國民收入與就業率……而當凱恩斯慢慢進入了演講模式，演出着一名智者傳授偉大知識的戲碼時，我拋出了早已準備好的殺手鐧，我問凱恩斯：「為什麼人類連宇宙大爆炸都能夠解釋，而且可以送人上火星了，卻還沒有能力創造一個可以永續的、沒有經濟衰退的經濟體呢？」

我知道，這個問題會擊中他，而凱恩斯會對我產生興趣。我知道，他被我擊中了，因為他猶豫了片刻。

「你喜歡讀書嗎？」凱恩斯又問一次，然後打開了他的筆記，唸起來：「經濟學家以及政治哲學家之思想，其力量之大，往往出乎常人意料，事實上，統治世界者就只是這些思想而已。許多實行者自以為不受任何學理之影響，卻往往當了某個已故經濟學家之奴隸。狂人執政，自以為得天啟示，實則其狂想之來，乃得自以前的某個學人。我確信，既得利益之勢力，未免被人過份誇大，實在還不如思想之逐漸侵蝕力之大。」

「你明白嗎？」凱恩斯合上筆記問。

「不明白。」

「你有興趣加入凱恩斯學會嗎？」

正如我所說，凱恩斯學會是一個不一樣的學生組織，它的會員資格不是學生主動申請而來的，而是要透過推薦、面試，並由元老會作審批與發出邀請信，或：凱恩斯親自邀請。如此，我的目標達到了一半，因為我只是名義上加入了凱恩斯學會。所謂一半，所謂名義上，是因為我加入了的是表面上的凱恩斯學會，而我真正想加入的是傳說中的凱恩斯學會。

關於凱恩斯學會的傳說，是這樣的：表面上，凱恩斯學會是一個學生研習小組，於每星期的星期六晚上聚會，會員輪流負責當晚的發言，而內容當然要與凱恩斯有關，可以談他的總體經濟學，可以談《就業、利息和貨幣通論》，可以談他的生平。我記得有一晚，主題是凱恩斯如何成為英國藝術協會創會主席的歷史，我一邊聽，一邊不禁點頭讚好，他實在說得太好了，而他不是他人，正是凱恩斯。

接近尾聲，凱恩斯問：如果一個愛好藝術的經濟學家，能夠成為統治者的話，大家可以想像那有多美好嗎？

研習小組是挺有趣的，惟一可以挑剔的大概是食物吧！每一次都是沙丁魚配上烤麵包。我不吃魚的，但我每次都表現得吃得津津有味，而無論題目是真的有趣，還是充滿了耐人尋味的數學公式，我都會用盡方法表現出我的投入。我在等待凱恩斯向我作出的第二次邀請：凱恩斯兄弟會。

凱恩斯兄弟會，是傳說中凱恩斯學會的真身，而當我正式加入了之後才發現，「凱恩斯兄弟會」這名字其實不見於所有文件上的，它更像是一個代號，而在人前，兄弟會的成員還是自稱所屬的是「凱恩斯學會」。這個傳說中的凱恩斯學會，源自於劍橋大學的「劍橋使徒」（Cambridge Apostles），而目的是希望透過兄弟會會眾的連結，將凱恩斯的思想真正實踐於社會之中。兄弟會的成員涉及政治、商業、學術，以及種種專業，並透過兄弟會的網絡互相支持，取得社會上各界別的高位而共同發揮實踐凱恩斯主義的作用。

這個，是他們的理想。

在六月的某一個晚上，我於宿舍的門縫底發現了一封信。信裏有一張卡，白卡黑字：

我們，正式邀請你加入我們。
請在XXXX年XX月XX日XX時XX分，
用一瓶白中白香檳，擲破一個政府部門的玻璃窗，
並將其中一塊碎片，於十二小時內，帶到XXXX號課室。

翌日，稅務大樓的某一面窗給人於深夜刑事毀壞了。

為什麼我會突然想起這些事來？事隔這麼多年，我第一次回到這個城市，而當我打開酒店電視的第一個畫面，居然見到凱恩斯。他比從前老了許多，當然，我也老了很多。他穿着深藍色西裝，打了一條藍紅斜條領帶，還是一貫的 double Windsor knot 打法。凱恩斯正在記者面前講話：「我們譴責各種暴力與破壞，這將會造成政府的財政壓力，以及打擊經濟，本人再一次重申……」

凱恩斯說話的方式，還是像從前一般理直氣壯。我還記得我將碎片交到他手上的時候，他跟我說的話：

「你知道為什麼我們要你擲破玻璃窗嗎？」

「是一種儀式吧！」我說。

「也是。但儀式也有它的存在意義。」

「那是為什麼呢？」

「你記得我們第一次認識時，你問了我什麼問題嗎？」

「很多問題啊。」我故弄玄虛地答。

「你問我，為什麼我們不能夠擁有一個永續的經濟體？」

「喔。」

「其實我們可以做到的，只是沒有人有足夠的膽量做，沒有人有勇氣光明正大地做。凱恩斯的學說很清楚地指出，當市場失效，市場達不到充分就業的情況時，只要我們想到方法增加政府開支，經濟自然會好起來……」

想着那時候的他，聽着他今天的講話，我在螢幕上，看見凱恩斯的幾綹乾枯的白髮，垂掛在頭殼上。

原載於《SAMPLE》ISSUE 16

掉眉毛的美男子

「結婚是一種壞習慣。」他對我說。

我在一間離家不遠的咖啡廳認識他，他是一名廚師，看起來約四十歲左右。他是一個美男子，散發着一種獨特的氣息，既吸引大家靠近他，卻又同時讓人感覺到一道不能跨越的界線。他有自己的結界，帶有神秘感的吸引力。不知道是否受到他這樣的氣場影響，我們剛認識時，我以為他是喜歡男生的，當中沒有什麼具體的邏輯，只是我有這樣的感覺。

「從第一次結婚開始，」他說。「我每一次要簽結婚證書時，都會不由自主地問自己：我會在什麼時候離婚呢？我以為這樣問自己，是很正常的現象，但當我跟朋友談起這想法時，大家都說沒有。你呢？你也會這樣想嗎？」

我假裝沒有聽到他的問題，因為我隱約感覺到他只是想自說自話。他很喜歡跟我聊婚姻的話題，沒完沒了，他會關心我怎樣求婚、安排了怎麼樣的婚禮、攝影師是男是女、婚宴時喝了多少箱紅酒、紅酒又是哪一個年份、婚後的姻親關係怎樣，等等等等。總之，關於婚姻，他有無盡的話題可談，而且我感覺他總是樂在其中。

「我跟她是在漫畫店認識的。」他在說他的現任妻子，「她喜歡看怡情小說，我愛看情色漫畫，那兩個書架放得很近，有一次我們目光相遇了，我就叫她介紹小說我看。」

我記得，在中學的時候，班上也有男生傳閱情色漫畫，從第一課開始傳，大概到午餐後的第三節課輪到我，但我偷看的技巧很差，偶而會被老師留意到，而我最怕的就是老師要我在那時候站起來答問題。

「其實，」他繼續說。「我並沒有特別喜歡她，只是遇上了幾次，既然有了機會開口，就不妨試試，想不到我們開始約會，很自然的就回家做愛，做愛後，我們當然要拍拖了。」

「先做愛，後告白嗎？」

「也沒有告白。」他若無其事地說。「就是都做愛了，我也沒有反感，那就不妨繼續試試交往。我們都是單身，所以就是一般拍拖啊！沒有其他選項。拍拖了一陣子，她想要結婚，我也沒有理由要她傷心，所以就結婚了。」

我沒有辦法想像結婚是如他所說的這麼兒戲。他口中的順其自然，在我的反覆理解之中，始終是隨隨便便的意思。

「你說得好像不情不願呢！」我假裝說笑地笑說。

「沒有啊！我很享受結婚，結婚比婚姻好玩多了。結婚本身是很令人上癮的。這也是我會結婚的理由，如果這可以是一種理由的話。我也沒有什麼理由不要結婚，於是我還是選擇結婚。」

「但我聽來，你是像被動的一個。」

「被動是被動，但被動不代表我不喜歡，我只是沒有喜歡到要做主動。又或者，就是要被動，我才能有所享受。說不定就是這樣。結果她們連離婚也很主動，我們都相處得很平穩，每當我以為在幸福當中的時候，她們就說要離婚。」

「每一個都這樣？」

「每一個都這樣，但有不同的理由。有的找到更合適的對象，有的很輕鬆地拋下了一句性格不合就走，有一位較特別的是說因為我不吃辣，所以她沒辦法跟我再一起下去。我倒真的很喜歡她的。」

正如我剛才說，我跟他在一間咖啡廳認識，咖啡廳的規模很小，只有他與另外一名店員。那陣子，我幾乎將那咖啡廳當作我的辦公室，一星期光顧五天，從中午到黃昏。慢慢，我們就開始聊天了。我跟他維持在不冷不熱的狀態，間中閒聊，而他口中的經歷，我就當作故事來聽，實在也沒有深究這是否真有其事的必要。

有一天，他告訴我他在掉眉毛。我坐在靠窗的位置，在讀書：「但在第四夜，我叫道：進入地獄就是自己成為地獄。一切都可怕地混淆交雜在一起。在這條沙漠之路中。我本來不知道。這條路只是看起來暢通，沙漠只是看起來空無。」那天，我得到的拿鐵咖啡拉花，像一頭牛的正面。

「你看看我右邊的眉毛，都快要掉光了。」他站在桌子的邊緣，桌角壓着他的下體，他彎下腰，將他的臉靠得我很近很近。「我想有一星期了，每朝早起來都像少了一點，而且就只有右邊的眉毛。」

「是睡姿的問題嗎？」我問。

「不會吧，我今晚試試朝另一邊睡。」

他告訴我掉眉毛的那天是二月二十五日。那時候，我和他都以為這是很平常的事，大家就聊了兩三句，以為過幾天就會好起來，但他的眉毛一直在掉，跟睡姿無關，從右眉毛到左眉毛，慢慢地掉，掉得很慢，掉得很有節奏、很有規律，剛掉光了一邊，另一邊的新毛又長出來，然後，繼續掉。

因為他掉眉毛的事，我認真地研究了一下人體的毛髮：為什麼人有頭髮呢？有說是因為人的祖先住於炎熱的淺水帶，身體可以長期在水中散溫，但頭頂卻要長期暴露於烈日之下，頭髮有助隔熱；鼻毛與眼睫毛，是為了阻隔灰塵；腋下的毛，跟陰部的毛一樣，是為了緩衝身體的摩擦。那麼，眉毛有什麼功能呢？

他持續地掉眉毛七十多天。這相當困擾他，而我隱約感覺到，從他的眉毛掉落開始，他身上散發的特殊氣場也在慢慢瓦解。他一天到晚都在說他的眉毛，告訴我他試了什麼秘方，塗了什麼草藥，喝了什麼符水。

又過了一段日子。有天，他特意告訴我：「醫生叫我不用擔心。醫生還開玩笑說沒有聽過掉眉毛是什麼絕症的徵狀。說我應該就是缺乏了什麼營養素。」

我想：絕症的意思，不就是醫不好的病嗎？所以一直掉眉毛，也不算是一種病嗎？從那天起，他開始畫眉。

「你覺得這樣會很不自然嗎？」他摸了摸自己畫的眉說。

「不會，現在很多男生都化妝。」我說。

「我本來只打算用眉粉，但感覺很淡。」

「你是兩邊都有畫嗎？」我再仔細看了看。

「是啊。」他說。「這樣會比較自然。」

「嗯，我不太懂。」

「眉筆是老婆的，顏色有點淺。」

「是帶點棕色吧？」

「待會兒放工，我再去買一枝好了。」他說。

掉眉毛，真的會醫不好嗎？我好懷疑，於是又上網查：為什麼會掉眉毛？結果出來了，在螢幕上顯示：「掉眉毛的原因有很多（廢話），要根據你眉毛掉的多少來定（那麼多少條是多呢？這是中式食譜的寫法嗎？）如果掉得少的話，就是正常的新陳代謝，不必太過擔心（那我還會上網查嗎？），掉得多的話，可能是西蒙氏病、麻風病等疾病（但他的醫生沒有提這個）。眉毛的稀疏是根據各人的基因和遺傳而定的（這個世界還有什麼不是基因和遺傳而定的？最近聽說人一生有多少物業都是基因和遺傳而定的）建議先去醫院檢查一下（就是看了醫生也不明白才上網查！）。我越看越煩燥，心裏碎碎念。我關了電話，睡前發了一個短訊給他：「你會不會是西蒙氏病，或者麻風病呢？」

他沒有回覆我的短訊。自此之後，當我們在咖啡店見面時，也再沒有談起眉毛的事。他的眉毛沒有再長出來，後來，我也分不清楚他是每天畫眉，還是紋眉去了。反正掉眉毛一事，他消化了，也接受了。一切，回復正常，只是他也不再散發那引人注目的氣息。他成為了一個普通人，沒有眉毛，但也沒有沒有眉毛的煩惱。或許，人臉要有眉毛，也不過是一種視覺的習慣。

原載於《SAMPLE》佚期

一場意外

她坐在副駕駛座，車子正從快線向中線方向順時針地高速打轉。震耳的急剎聲，車燈光線的錯落，輪軚磨損的燒焦味，都從四面八方襲來。大量的信息，從她的感官，透過神經末梢，進入她的大腦，好讓她作出適當的反應，而她，卻很冷靜，很冷靜。

她的目光放在最遠的一顆街燈上。車在打轉，她的目光卻掌控了打轉的節奏，捕捉着前方最遠的那一顆街燈。

這一切都在她預料之中，這一切都是理所當然地發生。

這是她生日的前一天。她剛跟男友，以及男友的朋友一起晚飯慶祝。飯後，他們決定一起北上按摩度生日。他們分兩部車出發，男友開他落地兩星期的跑車，這一架是白色的。他的朋友則開他們的公司用客貨車。

他們相約在口岸附近的停車場集合。「先到先等」。這是他們一班人的口頭禪，無論是宵夜吃糖水，還是酒吧轉場，他們都會在取車前講句「先到先等」，然後大家乾笑幾聲而散。她從來不明白笑點在哪。

從火鍋店出發，他們同時開車，過了兩三個街口，男友跑車的後視鏡已經看不見朋友客貨車的踪影。上了高速公路，男友如常風馳電掣，時速限制八十公里的路，平均超速四十公里。「既然是先到先等，何必要開得這麼快，這麼急呢？」剛認識男友時，她總是想着這問題，但三年過後，她沒有一次真的開口問過這問題，她知道這是不必要問的，因為男友的答案必然是嬉皮笑臉的回覆，或者用一句笑話帶過，「快點兒到，不就可以早一點再拖你的手嗎。」

事實上，她了解男友，她知道，男友不是單純的喜歡速度感。他不是那一種看見錶板上的數字跳動就會興奮的人。她知道，他喜歡的是追逐，他平常開的是巡邏車，要麼開在輔路上，要麼在警號下開車，其他的車輛，除了小巴與的士，幾乎都會慢駛地等待他的車駛過。因此，他喜歡開自己的車，而且他熟知路上的各種禁區，她有時也會想，她是否也是因此喜歡上他呢？「我喜歡他的完整，既有循規蹈矩，又會逾越規矩，是這樣嗎？」

相反，她從小到大都是規規矩矩的。她的成長，就像英文教科書裏的人物，每天在特定的場景下出現，重重複複地扮演同一樣的動作與對答。從小學五年級起，她每天上課、下課、買菜、回家、煮飯，一天過去，第二天上課、下課、買菜、回家、煮飯。直至她終於在二十二歲那年，可以開始一個人的生活，並且當上了一名婚禮攝影師，她決定以後不再煮飯，只吃外賣。於是，她日復一日地吃揚州炒飯、星州炒米，以及乾炒牛河。

「他」戴着黑框眼鏡，細長的眼睛很清澈，鼻子很挺。從他平靜的眼神，可以感受到他的自我感覺良好，以及自以為是的聰明。他會習慣性地抓了抓鼻翼才開口說話。在跑車駛過一個偵速攝影機時，她想起了「他」的臉。

這個「他」，是一位新郎。新郎的婚前攝影，以及婚禮當天，從接新娘，到跟長輩斟茶，至晚宴的拍照，都是她做主機一手包辦的。在準備婚前攝影的工作會議上，新郎的未婚妻都有很多意見，「要文青一點」、「要華麗一點」、「要樸素一點」，而早已習慣了林林種種要求的她，都一一點頭說好，淡定地拿出準備好的參考照片讓新娘選擇，而「他」，作為新郎，在整個會議上都是一直陪坐、陪笑，開始時說了一聲「麻煩你了」，會議結束時又說了一聲「麻煩你了」。「他是很典型的新郎」，她心想。

「他」的婚禮在旺季舉行。那一個月，她一共拍了十三場婚禮，因此，她要在兩個月後，才能勉勉強強修好這個他的照片。她約他上來公司收貨，約了幾次都沒有成功。她曾經約好了他幾次，但每次他都有不同的理由說自己趕不上約好的時間。

然後，又過了一個月，「他」突然在晚上十時短訊她：「你現在會在公司嗎？」而她，的而且確一個人在公司，正在整理公司的器材。

「他是經過樓下，看到我公司的燈還亮着嗎？」她心想。然後，她答他「在。你現在要上來嗎？」

男友的這一架跑車是白色的。上一架，是黑色的。

那一晚，她自己跟貓兒在家裏等待男友回家。那是一個剛踏入冬天的晚上，貓兒和她都在適應溫度的轉變。平常不太搭理她的貓兒，主動跳到她的大腿上睡着，她一邊維持着這個坐姿，一邊修照片。在電話中，男友說他會買糖水回來，而她說，她想吃雞翼。

過了凌晨兩點，男友終於回來了，沒有雞翼，也沒有糖水。男友叫醒睡着了的她，說他受傷了，但在朦朦朧朧之間，她只看見他哭，卻看不見他的傷口。男友說，剛才遇到意外，車毀了，但人沒事。他又說，意外是對方的責任，幸好「我的車買了全保」。

過了兩天，男友跟她說，他訂了一輛新的車。「好啊！」她下意識地答道。

又過了一星期，她看見換了顏色的同一款車泊在門外。因此，她生氣了一個星期，而男友卻不明白她何以生氣。這也就是上兩個星期的事。

車子還在打轉。她的目光始終放在最遠的那一顆街燈上。

「這是多麼理所當然的事。」她心想。「事情，就是必須要這樣發生的。這場意外，遲早都會出現，都應該出現。」

她的目光與車子打轉的節奏同步了，那一顆街燈在夜裏發出的黃光，像一張張菲林映入她的眼後世界。一顆街燈，出現、消失、出現、消失，還有新郎的臉、汗水……直至車子撞上了慢線旁邊的石壆而停定下來。聲音靜止了，那最遠的一顆燈光還是牢牢地停留在後視鏡上。

就這樣，一秒鐘，過去了。意外，往往沒有半點的意外。一場意外，始終沒有發生。

原載於《StoryTeller》

關於龍鳳鐲的一個說法

有一個關於美學的概念，叫「心距說」，大概的意思是，只有當「人」與「物」維持在一個適當的物理與心理距離，人才能欣賞到它的美，太遠會無動於衷，太近又會失去聚焦。所以，美不在於人，也不在於物，而在於人與物之間距離。我不太肯定這學說的實證效果，但我想，人與過去的物，以及物所帶來的情感之適當距離，如果有的話，可能要遠到人的記憶失去了功能的遠方，又或者是在人重組與扭曲了記憶的故事以後。

告訴我這件事的人，是我一個當空中服務員的朋友。雖然說是朋友，其實只是大學時期曾經在選修課遇到，一起做過一次口頭報告，然後在校園裏碰到會點頭示意的程度。大學畢業後，我們根本算不上有聯絡，但是因為她剛好跟我初戀情人同一天生日，於是每一年的那一天，我都會想起她，然後發一個訊息：祝妳生日快樂。

真的再次遇見她是畢業後五年的事，我由H市飛到B市，十多個小時的飛機旅程，那時候，她是負責經濟艙的空姐。大家的容貌都沒有太大改變，我的頭髮比從前長了一點，由黑框方形眼鏡，轉為玳瑁色的圓形眼鏡，她的長髮束成了髮髻，穿上紅紅紫紫的制服，還是像從前的端莊，只是化妝比之前濃了，而且穿上了光亮的高跟鞋。

我上機時，她就認出我了，我們點頭微笑，半夜機艙關燈，當我到了機尾做伸展運動時，我們開始聊天。她好像比從前說話多了，也可能只是我從來都沒有真正認識她。落機前，我們交換了聯絡，那天晚上，我們在當地吃了一頓印尼菜，就在電視塔後方的一個商場裏。因為這一次契機，我們以後多了往來，沒有像情侶般的親密，也沒有非見不可的壓迫感，維持在一個月見一次、最多兩次的狀態。

「我有跟你說過我爸媽的事嗎？」在我們第七次見面時，她這樣問我。

「沒有。」

「當我跟其他朋友聊天時，」她說。「我才發現，原來我們都不太熟悉我們自己爸媽的往事。」

「你是指父母拍拖的故事嗎？」

「是他們兩個人之間的事，我們都好陌生。」她說。

「他們相識的過程，我倒是有聽過的。」

「但之後呢？怎樣交往、相處、認識對方，這些他們都很少說吧！」

「的確不多。」

「不過我想說的，是我爸媽分手的事。」她啜了口奶茶說。

「什麼時候的事？」

「兩年多前，是我媽甩了我爸。」她說。「在我快要結婚的時候。」

「在你快要結婚的時候？」

「最後並沒有結成。」她抽動了一下鼻子。「不都是這樣嗎？一對男女拍拖了好一段日子，終於談婚論嫁，就在關鍵時刻，發生了一些事情，婚結不成，也沒有理由繼續一起走下去了。」

「我聽不太明白。」我問：「你要結婚，導致你爸媽離婚了？」

「初時，我也覺得這事很怪。」她說。「但回想起來，可能也是世界上每天都有人經歷着的事，只是我們自以為是的大驚小怪。」

她告訴我這事的時候，是一個夏天的平日中午，我們約了在大學附近的屋邨茶餐廳午飯。我們重新認識的這一段時間，由她從讀幼稚園，到在山上長大、兒時愛看的日本卡通片，以至畢業後做空中服務員的逸事，她都會鉅細靡遺地分享，惟有感情與家庭的事，我們從來沒有談論，她沒有問，我也沒有說起。有一段時間，我會想，她不談也不問感情的事是否為了產生曖昧的條件呢？大概，這只是我在想像我們會有什麼曖昧罷了。

「我媽把爸甩了。」她繼續說。「導火線是一對龍鳳鐲。對。就是父母想給我出嫁而準備的一對龍鳳鐲。準確一點說，是我媽特別着緊地要給我找一對合她心意的龍鳳鐲。我是分不清楚龍鳳鐲的款式有什麼分別，對我來說，就是一圈圈的金手扣，但我媽特別着緊她要送我的那一雙。」

「是要很貴的嗎？」我問。

「媽媽心目中肯定是有一個想像的，至少也是一種感覺吧。一對完美的、送給自己心愛女兒的龍鳳鐲。於是，她便天天嚷着要爸爸陪她逛珠寶店，非要找到她心目中的那一對龍鳳鐲不可。」

「於是，妳爸爸開始心煩了？」我還是聽不出頭緒來。

「沒有。」她說。「我爸媽的感情一直都很好。儘管我從他們的言談間聽說過媽媽在我兩三歲時曾經試過離家出走回了娘家兩三天，但自我懂事以來，我都沒有聽過他們吵架，爸爸對我們都很好，什麼事都順着我媽媽的意思。小時候，爸爸每天開車接送媽媽上下班，又會盡早回家接替嫲嫲照顧我，到了我中學時，他們幾乎每晚都會一起出去約朋友喝酒、宵夜、看球賽、玩桌球。我從來沒有想過他們會分開的。」

她說，她母親二十歲左右就認識了她的父親，然後甩了本來的男朋友，很快與她父親同居，還懷有了她，母親於是退學，當了一位全職太太，直到她三四歲時，母親開始在一間美容院工作，後來還成為了那間公司的管理階層。

「但我從來沒有聽過媽媽怨恨我爸什麼。」她繼續說。「相反，我常常聽到的，反而是她說，要不是當時年少輕狂，哪裏來了這麼一個漂亮孝順的女兒。」

她的母親花了一個月的時間在城中大小店舖找看心儀的龍鳳鐲，可惜，還是沒有碰到合眼緣的，後來母親不知道從哪個親戚口中得知，原來她的鄉下有一間很著名的訂製龍鳳鐲的金店。母親知道後，二話不說就跟公司請了兩天假，預計用一個長週末的時間替女兒找到這一對完美的龍鳳鐲。最後的結果，是她就這樣離家出走了一個多月，帶着一對龍鳳鐲和一份離婚協議書回家。

對於母親突如其來的舉措，我這位朋友與她的父親都感到莫名其妙。父親沒有辦法理解，而且很快就從拒絕接受，變成了憤怒的反擊，一口咬定是母親有了外遇，而據我朋友所知，她母親從不抗辯，只是不斷重複說：「女兒都長大到要結婚了，你要怎樣想都好，我只想離婚」。母親回來後的一個月，父親不斷在拒絕、憤怒、討價還價、自責、接受了又再拒絕的不同情緒中反反覆覆。

「像我們大學時報告的那篇文章呢！」我說。

「對，德國工人褲那一篇，」她臉上堆着假笑說。「我也有想起過那奇怪的故事，不過最令我啼笑皆非的是，當我的未婚夫知道了我媽突如其來的離婚要求後，他就告訴我，他想延遲我們的婚禮。

「什麼叫延遲呢？當一對情侶已經談婚論嫁，而且求婚成功、拍好了婚紗照、預定了酒席，就在這個時候，有人說要延遲婚禮，其實這個人就是想說『我們分手吧』，就是這樣。你明白嗎？所以，我就說了分手。」

我點點頭，她的話沒有多少觸起我剛分手的情緒，而我心裏在想的是那個關於雷德厚森的故事，一位太太第一次出門旅行，打算在德國，為丈夫買一件雷德厚森，就在選買的時候，她決定要跟丈夫離婚。當年，我就是與這位朋友，一同在選修課報告這篇文章，解釋文學的永恆而多變的寓言性。

「於是我們沒有結婚，也分手了。是我提出的。」我這位朋友繼續說。「而因為這件事，我更加不懂得面對母親，我沒有怪責她跟老爸離婚的決定，我總覺得她有她的理由，我最多就是有一份好奇，好奇為什麼一切都來得這樣無聲無息，還是我與老爸真的太粗心大意呢？但當他們的事，影響了我的婚姻，我的心情就複雜起來了。我應該怪責她嗎？我沒辦法想通這件事來，於是有好長的一段時間，我沒有跟她聯絡。但在一年前，我終於見了她一面。」

沒有在父親葬禮再碰面一般的戲劇性，她和母親只是在鬧市街頭遇見，各自都在獨個兒逛街，於是她們到了附近大型唱片店的咖啡店一起下午茶。那時，她已經當上了空中服務員，她的母親則在一間跳舞學校當行政工作。我的朋友就這樣將母親告訴她的一切，轉述一次給我。

＊　＊　＊

「那時候我沒有跟你說清楚」她的母親放下茶杯，嘴裏嘟囔着：「其實是逼不得已的，因為確實連我自己也有點不明不白，我只感覺到，我是時候離婚，因為我的女兒都要結婚了。」

「因為我要結婚，所以你要離婚？」她問母親。

「也不是這樣的因果關係。」母親說。「這只是時間上的巧合，如果非要說我要離婚的決定，是跟你結婚有關的話，那就是因為那一對龍鳳鐲。」

賣龍鳳鐲的店，位於母親鄉下的市中心。所謂鄉下，對於我的朋友來說，是一個模糊的概念，意思大概是她的外婆兒時住的一個小村子，這個小村子就是「鄉下」。鄉下與C市的距離，約有半小時的車程，而賣龍鳳鐲的店，就在C市中心。

母親一個人坐火車過了海關，再轉旅遊巴，坐了五個小時的路程，到了C市。她在巴士上認識了一對也是從H市回鄉的中年夫婦，當母親告訴他們要回鄉買一對龍鳳鐲時，對方毫不猶豫就說出金店的名字來，叫「山風金店」。那時候，母親確信這趟回鄉必然是值得的。

那是一個帶有微微細雨的春天時節，車到達時已經是午後，路面濕濕亮亮。母親在十字路口下了車，在路旁賣燒鴿的攤子買了半隻燒鴿，然後跳上了電動黃包車。車子在鵝卵石鋪成的路上密集地起伏，巴士和汽車在黃包車的兩旁穿插，黃包車的引擎聲很大，卻都比其他的車慢很多。外面還在飄雨，風一直打到母親的臉上。

在往金店前，母親先來到附近的「上早寺」參拜。在寺廟外的兩條街道，都是賣香燭的店舖，整整兩條街，紅紅綠綠。母親在人群中慢慢移動，從側門到了主殿，合十上香，祈求上早元帥保佑她的丈夫、女兒、女婿，平平安安。母親不敢求更具體的願望，因為她怕靈驗以後，就要長途跋涉回來還神。反正平平安安，就是一直平平安安，一直沒有不平安的事出現，神的祝福是否靈驗，那有待證實，也有待還神。四十二年了，母親說，她懷着女兒嫁到丈夫的家已經四十二年了，這是她第一次自己一個人出門，而第一次出門就是回鄉，回來拜這鄉下的神。

上早寺供奉的神靈是上早元帥，據說，遠古沒有天地，格滋天神要造天地，於是放下九個金果變成九個兒子，其中五個成了天，然後祂又放下了七個銀果，其中有四個造了地，剩下的兒子和女兒就在天地間繁衍後代。但是，天地造得不完美，天小地大，天像一把傘，地像一道橋，格滋天神就用大鯉魚撐着地角，地就穩了。地穩了，天卻在搖擺，格滋天神就命上早元帥到人間造天柱撐天，格滋天神說：「世界上，要算老虎是最兇猛的。」因此，上早元帥就殺了老虎，用老虎的四根大骨撐開了天，還用虎頭作天頭，虎尾作地尾，左眼作太陽，右眼作月亮，虎鬚作光，虎牙作星，油作雲彩，氣作霧氣，並以虎的五臟六腑化作海河、草木、金銀銅鐵錫。不過，天撐高了，卻是越撐越高，離地太遠。從此，上早元帥攀不回天上。格滋天神順理成章，就命上早元帥留在人間，從此殺虎護人，後人於是建了這上早寺供奉祂。

「母親說，她小時候，外婆每年新年，都會燒掉一隻黃色紙老虎作符水要她喝掉，說保她身體健康、幸福快樂。她最記得，符水的味道，是酸酸的。」我的朋友說。「你覺得，天神是否早知道上早元帥回不了天上呢？」

山風金店，就在上早寺後的橫街。店外沒有櫥窗，沒有多餘的裝飾，只有「山風金店」褪色的金漆四字招牌，以及門牌「121」。母親推門而入。店內有兩個老人，分別坐在店內兩排櫃檯的兩旁，而視線都是向着牆角的十九寸電視機。兩個老人家，一男一女，一邊看着熱播中的二戰歷史電視劇，一邊用絨布擦亮放在三個白色塑膠盒內的金飾。裝滿了三個塑膠盒的小金堆，一點都不像貴重的東西。

「阿女，買金嗎？」白髮蒼蒼的老婆婆開口招呼。

「我想買一對龍鳳鐲。」母親說。

「給媳婦的嗎？」高個子的禿頭老人問。

「女兒。」

「你是從城市來的嗎？你的腔調有點奇怪。」老人繼續說。

「我媽媽是這裏出生的。」母親說：「我兒時也常常回來過夏天的。」

「哦。」老人說。「很多人專程回來買龍鳳鐲的。」

「是的。」

「那麼你女兒的手腕多大？」老婆婆問。

「喔，我的前臂大小跟我女兒沒多大分別，這樣可以嗎？」

「結婚的事可以這麼馬虎的嗎？」老人插口說。

「如果你覺得可以的話，我們也不介意。總之，不能退貨是真的。」老婆婆說。「你試試這些款式吧。」

老婆婆拿來了剛才正在擦洗的一籃子金鐲，從中挑了十數隻給母親試戴。電視螢幕上，一個老兵正在瓦礫中掙扎着，面容扭曲，店內兩位老人家同時盯住看這緊張的場面。

「可以麻煩你幫忙一下嗎？我真的不太懂。」右上戴上了三隻龍鳳鐲的母親對老婆婆問道。

「阿女，」老婆婆說。「沒什麼懂不懂的，就是要合眼緣。有龍、有鳳、有囍、有福，你看你喜歡哪一款呢？」

母親嘆了一口氣，花多眼亂，她感到像第一次身在菜市場買海鮮一般，既沒有分別好壞的眼光，同時又在草率的環境中，煞有介事地裝着挑選。

「我真的不懂呢！」

「嗯。」高個子老人說，然後順手的在另一個塑膠籃中挑了一對金鐲子，放到母親面前。「這一對好！」

「這一款式是最受歡迎的嗎？」母親問。

「我肯定你先生和女兒都會喜歡。」高老人說。

說到這裏，我把我的那一杯咖啡喝完，手裏把玩着已經很少見到的木質牙籤，只有這材質的牙籤才能好好地弄到一個「牙籤五芒星」。

「然後呢？」我問。「你母親因此買下了那一對鐲子給你嗎？」

「是的。」我的朋友説。「母親説，她將那一對鐲子戴到手上，仔細地看它們一龍一鳳的設計，然後看到在鐲上一道橋的裝飾底下刻有『上早山風』四字。母親就想起了在她還是少女的時候，總是幻想未來孩子的名字一定要有『風』這個字，媽媽喜歡『風』這個字，這讓她想到在天空飛的自由感覺，但她後來才知道，我祖父的名字裏也有『風』。因為忌諱，我就不能用『風』作名字了。母親説，當她在金店回想到這事就強烈地感到，她要跟父親離婚。」

「我沒聽懂。」我説。

「我也沒聽懂。」她説。

「之後母親說了一堆往事，大概是我在六歲前進進出出醫院的事，還有我爸的腸胃病。說我差一點點就當了童星，但因為父親的不支持而沒有下文。她又說從前父親吊兒郎當，欠下了一堆債，害我滿月時的金鐲子，都給他拿去典當了。總之，當母親在金店，摸着鐲子上的『凮』字時，母親就再不想回到跟我爸一起的生活裏。」

「所以要離婚，是因為有那一對龍鳳鐲，而想起了你的滿月鐲子，連同那些不快的舊事嗎？」我問。

「她說不知道。而有趣的是，我父親既沒有否認，又不承認我母親說的，他只是說不想再多說。無論如何，這就是母親跟所有親戚朋友，解釋她為何要決定離婚的原因。同時，母親也的的確確跟我說，其實，她自己也弄不清楚當中的邏輯、理由。母親說，當年要出嫁的路，是她自己的選擇，她沒有後悔，也沒有怨恨我爸，只是她覺得，這是時候要離開了。就是這樣。」

「你接受她的解釋嗎？」我問。

「你居然會問這樣的蠢問題。」她哼了一聲說。「我不認為我有想『接受』或『不接受』的必要。他們突如其來的分開，中間過程亂七八糟，但總算他們得出了一個說法，也讓我的那一場沒有完成的婚事有一個說法。」

「有嗎？」我問。

「哈哈，有什麼？我只知道，我至少可以將整件事，完整地跟你說了一遍。」她啜了最後一口奶茶說。

原題〈上早．山風．龍鳳鐲〉載於《香港作家》二〇一七年十一月號

他怎樣對她的丈夫撒謊

那已經是我讀研究院時的事。那時候，我的博士論文遲遲沒有寫成，答辯的日子一改再改，而預算的三年研究生獎學金也都發完了。我沒有維持生計的穩定收入。那段充滿掙扎的日子，不想多談，只是那時，我曾經一口氣接下了五、六份研究助理工作，其中一項研究是關於自殺的，也讓我遇到一個我想記下來的人。

我的博士研究是關於詩學的。作為一個讀文史哲的人，我對於自殺的思考，都是從卡繆與三島由紀夫而來。對於自殺的社會學理論，我除了能夠說出涂爾幹的名字以外，一無所知。偏偏這次研究就是由一位社會學的老師領導，想探究新自由主義與自殺的關係，而我也懶得去理會當中的理論架構。總之，老師的酬勞相當慷慨，而他給我的差事也是我有信心做好的：訪問自殺者。

訪問自殺者的意思，其實是訪問自殺未遂者。我搞不清楚老師如何得到了那一份接近三十人的名單，我只知道我有兩個月的時間，按着老師與研究小組編好的半開放式問卷，與名單上的受訪者聯絡、訪問、筆錄。顯然，早已經有人給他們簡介了這次研究的背景，所以當他們接到我的電話時，不至於意外，也沒有人拒絕，但問題在我。

當我與受訪者真的約了出來見面，在我面前，坐了一個看起來相當妥當的人，這時候，我總是心虛得問不到那一條非問不可的問題：你是為什麼自殺的呢？

反覆幾次以後，我還是沒有找到什麼竅門去自自然然地問這條問題，只是我的敏感總算鈍了下來。原來，我問，他們就會答。他們自殺的理由大都是很務實的，有因為欠債，有因為家庭破裂，有因為公開試成績不好，有因為要跟快結婚的伴侶分手而受不了家人的指責，也有人因為非結婚不可而自殺。令我氣餒的是，在我的訪問中，沒有人說是因為失去了人生目標而自殺，也沒有人說自殺是為了結束世界與其主體性糾纏而產生的荒謬。我漸漸發現，受訪者自殺的必然條件並非思考，而是剎那的「情緒轉換」，而稱之謂「情緒轉換」，不過是為了迴避稱其為衝動或勇氣的價值判斷。訪問過十數名受訪者後，我也發現了這次研究的誤點，其實，受訪者都是不成功的自殺者。

告訴我《他怎樣對她的丈夫撒謊》這故事的，是一位五十多歲的男受訪者。他是一個瘦男人，一頭花白的短髮，臉很瘦很尖，完全沒有窮酸相，而是有一種不問世事的感覺。他戴着黑框眼鏡，平靜的眼神雖然總是帶點倦意，但同時讓人感到他的心思細膩，而當我第一次聆聽他既不親切又不冷漠的語調時，我就覺得，面前這個人的故事應該會跟其他受訪者有所不同。

「我是做書記的。」他說。他在一間位於半山的中學當書記的工作。「書記」這稱呼就像我們夢裏的棉花糖，似曾相識，但如果沒有人先提起，大家也不會記得。現在，他們叫行政助理，還有行政助理（一）與行政助理（二）之分，而他雖然已經步入接近退休年齡，但因為沒有大學學位資格，所以三十多年來還是擔任行政助理（二）的職務。

在電話通話中，他很有禮貌地接受了訪問的邀請，但相當挑剔訪問的地點，「茶餐廳太多人了吧？」、「咖啡店的音樂不是也很嘈嗎？」、「家裏有女兒也不是太合適吧？」他很自然地以問句拒絕我的建議，然而他近乎過份的客套，並沒有令我覺得他虛偽，我只是想：這個人很有趣。當然，在一項有關自殺的研究中，「有趣」可能是禁忌詞：自殺，很有趣嗎？有多有趣呢？

最後，我們同意在學校的一間可以容納二十人左右的會議室做訪問，那是一間令人窒息的房間。

當完成了第一頁問卷有關背景資料的問題後，我們談了一點他太太與女兒的逸事。在他談及天倫之樂時，身上散發的幸福感與我將要問的問題產生了讓我好不自然的感覺。

「那麼，」我還是要開始問了。「我可以問你有關你試圖自殺的事嗎？」

「請問。」他微笑說。

「你從什麼時候開始有自殺的念頭呢？」

「你是指『那』一次自殺吧？」他用很重的鼻音強調那一個「那」字。

「資料上說，你只有一次的自殺嘗試。」

「關於那一次所謂的自殺，我們可以再談。」他拿起了塑膠杯，啜了一口水。「但如果是說自殺的念頭的話，一直都有。」

「一直都有？」我問，而我心中嘀咕，「那一次所謂的自殺」是什麼意思呢？

「從小學時就有。」他繼續說。「例如在馬路邊，當有車經過時，我會有躍出去的衝動，又或者，我站在商場的玻璃欄俯瞰五層樓下的中庭時，也會有爽快跳下去的衝動。」

「這衝動是有原因的嗎？」

「衝動來時，根本沒經過思考，所以談不上什麼原因吧！」

他說。

「對不起。我意思是，有什麼處境會較容易產生這種衝動嗎？」

「喔，我也有想過這問題。」他說。「就是有可能會死的時候，就是只要你做一個小步驟，你就很大機會可以死的時候。那衝動，說是要去完成『最後一個步驟』的強烈感覺。」

「所以，你的自殺衝動是出於突發的情緒反應，而不是深思熟慮的決定？」

「可以這樣說吧。」他猶豫了一下說。「我為了什麼要自殺呢？我常常想。」

我沒有回應，我在等他的答案。

「對啊。我也不知道。」他笑說。「我在一個不算富有，但也不算草根的家庭長大，父母沒有刻薄了我什麼，也對於我沒有什麼大期望，我在沒有什麼壓力下成長，經濟上也從來沒有擔憂過什麼。雖然沒有什麼朋友，但也沒有遇到會狠狠欺負我的人。究竟，一個十歲大的小孩為什麼想從商場高處一躍而下呢？」

「這種衝動，最近還會有嗎？」我問。

「有。還是有的。」他說。

「所以說，兩年前的那一次自殺，並沒有幫你解決掉心裏的自毀衝動。」

「沒有。」他說。「而且，我也從來沒有承認那一次墮海是我想自殺的。只是報告非要這樣寫。」

「那麼，那一次墮海是怎麼一回事呢？」我好奇。

我期望他跟我說墜海的事，但他卻說起文學。

他在初中畢業後，因為英文成績不好而沒有繼續升學，但升學與否並沒有干擾到他對於文學的熱愛，他最喜歡的作家是寫《天使望鄉》的鬼才作家沃爾夫，而他要跟我說的故事，是關於愛爾蘭作家蕭伯納的劇本《他怎樣對她的丈夫撒謊》。

「喔。」他收起了下巴，嘴角露出了奇怪的笑容說：「那一次我並沒有感受自毀的衝動，而我只是感到，『或者我應該踏前多一步』。

「那是兩年前夏天的事。我在公共圖書館地庫書架上，找到了一份《他怎樣對她的丈夫撒謊》的中譯本，但它不是一本正規的書，封面沒有任何設計或圖案，A4大小的淺藍色封面上雖然印有書名、作者與譯者的名字，但打開一看，完全沒有排版設計，只有雙行距的內文。這本書沒有圖書館碼。我那時候想，或者這是某位學生的翻譯功課，然後惡作劇的放到圖書館裏。」

「嗯，我也試過將圖書館的書帶給作者簽名，再還回圖書館。」我說。

「那麼你應該想像得到。」他說着。「我覺得這本書太有趣了。這本書本身就是有趣。我便光明正大地將書帶離圖書館，果然，大門的警號沒有響起來，我就這樣，興奮地拿了那本書回家。

「在我家附近有一段高速公路橋底的海濱，不怕太陽曬，也不怕風大。平時只有幾個老人在那裏垂釣，而我每天都在放工後晚飯前在那裏讀一陣子書。那天黃昏，我就帶着這本蕭伯納的書到了那裏讀。嗯，你想聽一聽那故事嗎？」

「當然。」我說。

「《他怎樣對她的丈夫撒謊》是一部兩三個小時就可以讀完的故

事。」他說。「故事說一個詩人愛上了一名有夫之婦，還寫了一首詩作定情物。後來，丈夫發現了那一首定情詩，質問詩人與太太的關係。詩人當然矢口否認，但丈夫卻因此大怒，你猜是什麼原因？」

「因為他知道詩人說謊？」我敷衍地答道，因為我總覺得所謂的經典作往往沒有多少故事性可言。

「不是啊。」他說。「丈夫生氣是因為他認為，那一首詩的好，只有他太太的美才配得上。」

他用小指頭搔了搔自己的鼻子，然後嫣然一笑。

「最後，詩人終於承認那一首詩就是寫給那丈夫的太太，丈夫因此好高興，還決定幫詩人出版詩集，要詩人想一個書名，詩人便題上《他怎樣對她的丈夫撒謊》。」

「滿有意思的。」我說。

「怎樣說？」

「這大概是文人的童話故事吧。」我說。「一個懷才不遇的詩人，在放縱情慾的同時，受到本應該因此受傷的人欣賞，同時，還可以出版詩集。」

他又抓了抓鼻翼（我發現，這是他的習慣性小動作），然後問我：「你覺得，那一個丈夫愛他的妻子嗎？」

我在本科畢業後，就跟當時在大學二年級認識的女朋友結婚，因為她懷孕了，而且是第二次懷孕，如果再將孩子打掉的話，她就不能再生育。我們倉猝地註冊。拍結婚照、過大禮、婚宴等等的事情，都在孩子出世一年後才辦。她是一個賢淑的女孩，總是順着我的心意而行，大學三年級時我要到挪威交流，她每天都日夜顛倒地等我上線，到結婚後，我決意攻讀研究生，她二話不說地支持。孩子出世後一個月，她就在我們認識的學校找了一份工作幫補家計，白天工作，夜裏照顧孩子。兩年以後，她跟學校的一位教授交往，決定離婚。她不要贍養費，只想帶着孩子組織新家庭。她告訴我這決定時的眼神還是一般的溫柔，而我也同意，從此，我們不相往來，聽說，孩子和她都過得很好，而我還在跟我寫不完的論文鬥爭。

「你覺得，那一個丈夫愛他的妻子嗎？」他又問了一次。

「不知道。」我說。「作者可能很自滿，覺得自己巧妙而幽默地玩弄了讀者的期待，但如果這個劇真的演出的話，我或許不覺得有什麼值得一笑。」

「但如果，作者根本就沒有想我們笑呢？」他說。

我們愣了片刻，會議室的不遠處傳來了「吱吱嘎嘎」的聲音，不知道是老鼠經過，還是喉管的氣聲。

「結果我一口氣將故事讀完，然後拿着書，跳進海裏，沒有呼叫，沒有掙扎，無聲無息地置身於海中。」

「為什麼？」我說。

「我覺得那個故事，並不可笑，也沒有半點幽默。其實我們都像那一名太太，無論被重視，還是讚美，那一份價值的主權都不在自己的手裏，又或者可以說，你的價值就是幫助別人生產出有價值的材料。為什麼你們可以爭執那首詩是否配得上我，而不是問我，是否想成為詩中的那一個人呢？」

我默默點頭。

「我想成為一個作家。」他繼續說。「小時候，我最喜歡的課就是中文寫作的那兩節課，每隔一個星期就有兩節課的時間，讓我可以安靜地在紙上寫啊寫，在那時，我以為自己會當上作家。第一，我不怕窮，第二，我沒有多餘嗜好，我真的以為我可以以文字為生。到了中學，我開始投稿。每次收到退稿信，我都會跟自己說：『不要放棄』，然後又回到書桌繼續寫。我以為上天連毅力這必要的作家條件也賜給我了。

「到我十六歲生日那一晚，上天竟然將最寶貴的恩賜賞了給我。」他說。「那一晚的情景現在還歷歷在目，我在沙發讀愛倫坡的《海上歷險記》，正讀到船上四人提議用抽籤的方式決定犧牲誰。然後，我突然感到眼前的文字不再一個字一個字進入腦袋，而是一頁一頁的與我溝通，文字間的起承轉合、伏筆套路霎時間都清清楚楚地開展在我的心意之中。那是一剎那的事，就在那一剎那，我知道我有了判斷文章好壞的恩賜。」

我心想：這是頓悟吧？

然後，他說：「我也隨即知道了自己的文章有多爛。」

「但你有毅力啊！」

「三十年了。我在這三十年的每一個夜裏都在寫，然後那一天以後的每一個朝早，那一疊稿子都比早餐的雞蛋殼更早掉入垃圾袋。我寫不好，但我沒有失去對自己會有一天寫出好故事的希望。直至讀完蕭伯納的這一個劇本。

「《他怎樣對她的丈夫撒謊》也是一篇爛文章，」他說。「但我花了三十年的時間都寫不出半篇比它更好的文字，而且，我竟然還相信自己有一天會寫得出來。你能了解嗎？」

他用食指咚咚敲着桌子。

我沒有做任何反應，沒有點頭，沒有作響，我想起了我自己跟「她」離婚前的好時光。我們到了菲律賓拍婚紗照，我們住在一個別墅裏，還有自己的泳池，我們穿上了禮服和婚妙潛入水中拍照，攝影師第一拍就成功拍攝到我們水中親吻的畫面。或許大家會覺得這樣很俗氣，一點也不浪漫，但是我們就是在一個沙灘派對認識的，而且她又喜歡日光浴，所以，泳池和沙灘是我們約會的聖地。我想起了她穿着泳衣的身體，晶瑩的皮膚，眼尾微微向下的大眼睛。

我頭腦完全空白，花了一點時間才逐漸恢復過來。我開口問道：

「你愛你的太太和女兒嗎？」

「這問題有在你的問卷上嗎？」他反問。

「沒有。對不起，這是我私人想問的問題，你沒有必要回答我。」

「我不是這意思。」他說。「我只是覺得這問題不夠科學。」

「是嗎？當我在水中回復了意識而要浮起來，是因為想起了太太和女兒。」

「所以是你的家庭消滅了你自殺的念頭嗎？」我問。

「我還是不知道那時的我是否想自殺。我只是知道，那一刻我有一陣無形的失落爬過背脊，由心裏的疙瘩變成了要令人作嘔的力量，我感到我不存在於這世上，我的存在本身就是沒有必要的。心裏的我說：『我一定要做些什麼擺脱這力量』，然後我就跳下去了。」

他嘆了一口氣，然後又抓了抓鼻子。

「抱歉。我說得很亂。」他說。「我想我的經驗對你們的研究沒有多大的貢獻。」

「沒這回事。」

「不過，這件事還是給了我一個後續的想法。」他最後說。「其實這個世界不荒謬，只是人生出了荒謬。所以，我覺得噢，當你深刻地感受到荒謬，那一刻，你的人生才叫真正開始。」

我沒有聽得懂他的結論與他的經歷之間的關係，而他經歷的來龍去脈，我也只是一知半解，但我決定不再追問，因為我有一份預感，有些事，就是問不出來的。我將訪問的內容整理後，他的個案成為了研究的量性分析數據，沒有成為質性研究的個案參考，在此，我總算將他的事記了下來。

II · 與天使摔跤的雅各

夏天

我問阿木，過去曾試過遇上一個突然消失了的人嗎？

阿木輕輕皺了皺高挺的鼻子。

「為什麼突然問起這種事來呢？」他說。

「有時候，」我遲疑了半秒後說。「我有時候，會想，我們的一生就是不斷遇上會突如其來消失的人，無緣無故，突然，就消失了。哪怕他們是有一個所謂原因，移民、轉學校、搬家，無論如何，就是突然消失了。」

阿木點點頭。

我的問題跟哲學無關，也不是為了喚起什麼有意義的討論。我問起這種事的原因，只是因為女友「已讀不回」我的短訊有十三個小時了。十三個小時，她要是睡了，也應該睡醒，她要是忙，也不至於忙到回不了一個表情符號。她就是毫無預警地突然消失了，也可能是我沒有留意到預警，反正結果也是一樣。

我和阿木在交易廣場的咖啡店喝着咖啡。剛剛收了本地市，我們把握時間補充一點咖啡因。對，這裏的咖啡賣得再貴，也不過是高昂的咖啡因。在電梯大堂放兩三張桌椅，就叫咖啡店，它怎可能是賣咖啡的呢？這裏擠滿了人，有人進進出出，也有人正在等候位置。我和阿木悠然自得地喝着咖啡。

「有。一個女孩。」阿木說。

「呃？」

「這樣算起來，已經是二十年前的事了。」

「怎樣的？」我禮貌地故作好奇問道。其實，我問那一條問題的時候，也沒有想像阿木真的會答。他是一個很可靠的工作伙伴，但平時不太愛講話，甚至有點高傲。他竟然主動要跟我說一件事？

「那是中學四年級的事了。」阿木說。「記憶有點模糊，但整件事的輪廓還是清晰的。時間是期終試後與放暑假之間的兩個星期，地點是我家附近的一個小公園。」

「你家在哪？」

「不太重要。重點是，那是一個很小很小的公園，在一個斜坡與兩條上落車道的三角地帶，組成了一個所謂的公園，沒有遊樂設施，只有花花草草，有一棵松樹，還有兩排綠色的金屬長椅。」

你老家的位置有必要那麼保密嗎？我心想。

「那兩個星期，因為早放學，家人未趕及回家開門，但又不願意給我多配一組鑰匙，於是我每天都有大概一個小時的『麻煩時期』。這時間很麻煩，不長不短，去哪裏都不妥當，天氣又熱，我只好在那個小公園坐下，讀一下書，或發白日夢，等待家人回來。」

這時，有人在收銀處打翻了一杯咖啡。

「有一天，我翻頁的時候不小心弄掉了書籤，書籤乘風一飄，飄落在長椅後的草叢裏。我轉身找，卻找不着。然後像懷舊電視劇的場面一樣，有一把女聲說道：『你在找它嗎？』，我回頭一看，原來是一名跟我差不多大的女孩。」

「長什麼樣子的？」我問。

「肯定不是長得醜。印象中，她的皮膚白皙，嬌小，有及肩的黑髮。」

「是同學嗎？」

「不是。她沒有穿校服。每天見面，她都穿着同一條米白色連身裙。」

「每天？」

阿木在公園遇到的女孩，同樣住在那一區，比他年長兩三歲，她的名字叫青。阿木回憶起青，說她是一個主動、健談的女生，而且喜歡問問題。青將書籤交還給阿木後便坐下來，坐在阿木的身旁。

「我當時不懂得反感，甚至沒有任何反應。」

「那還是要看樣貌吧！」

「還有氣場。」阿木說。「青散發着一種讓人舒服，甚至頓時清涼的感覺。好誇張，好奇妙。我當時不懂得理解這種感覺，但後來回想，青應該是我第一個喜歡上的女生。我一直覺得女生好麻煩，好多話……」

「哈，」我打斷了他的話。「你不是說她也喜歡不斷發問嗎？」

「喔，也是。」阿木笑說，鮮有地咧嘴一笑。「總之，與青聊天的感覺就是好自然，而且我會有想抱她的感覺。可惜，在她突然消失之前，我都沒有膽量抱一抱她，或者牽她的手。」

「你們每天見面，每天都是聊天？」

「對啊。沒有約定，但剛好每次我坐下不夠五分鐘，青就會出現，然後我們開始聊天。青對於我上學的事，好有興趣。當時我想，她的口音這麼奇怪，而且好像沒有受過正規教育，或許是新移民，或許是家裏有什麼難處。當時的我只會獨個兒想東想西，但就是不敢問。我好後悔我沒有問她，或者如果當時的我有問到這些事，她就不會突然不見了。

「當時的我，只會像面試一樣，跟着她的問題對答，一條問題，一道答案，然後另一條問題，接上另一道答案，直至我夠鐘回家。那時候，我的回應，真的像面試時的答案，不怎麼真誠。我總是在猜度她想要聽到什麼，而她問的一些問題，我又真的從沒有想過。想起來，那時候真的有點不知所謂，我答非她所問，又答非我所想。只要一問一答可以繼續，我就心滿意足。

「例如，有一次，她說起第一天認識我時，我正在讀一本很多樹木圖片的書。她問我是不是很喜歡樹木？其實，我當時只是隨手在書包拿出一本書翻看，那書籤也是那新來的生物科老師在期末送給我們全班的，我對生物科沒有什麼興趣，但你問我喜歡樹木嗎？我不討厭樹木。青這樣問我，她肯定很喜歡樹木，那我可以怎樣答呢？我怎麼答才會讓她對我有好感呢？

「我說，我很喜歡樹木，我想成為一個環保學家。」阿木咯咯笑了起來。

「有環保學的嗎？」

「我哪知道。」阿木笑說。「一個中四生，根本不知道有什麼學、什麼科。都是瞎扯的。青也問我什麼是環保學。我就說，那時專門研究怎樣保護環境，保護大自然的學科。我記得，她聽到我回答之後的反應，那是一個仰慕的表情。」

「然後呢？」我問。

「沒有然後了。那天，我如常地放學，如常地走到那個公園。那天，那裏很多人，都聚集了附近的街坊。」

「發生了意外？」

「沒有意外，只是集會。原來，有人因為安全理由，提議伐掉公園裏那一棵松樹。後來，不知怎麼的程序，反正通過了。街坊後知後覺，便出來抗議。我問起母親這件事，她也不知道。總之，在我記憶中，那天很多人，整個公園都是人，而我看不見青。

「我天生怕麻煩，心想：『明天再來吧，反正她也不在』，於是便回去大廈的電梯大堂等母親回來。」

「然後，就再沒有見過她了？」我說。

「喔。理所當然的情節發展。」

「是的。」

「但我時不時也會想起她。不知道她現在過得怎麼樣。然後，我又會想，我這種想念，其實沒有一絲的關心，只是純粹的想念、好奇。純粹想起從前的事，然後想：她現在怎樣呢？」

「喔。」我敷衍答道。其實，我還能回應什麼呢？

此時，我的手機響了，是女友終於回電了。

原載於《StoryTeller》

別了，小屋子

在祖母出殯後的第一個朝早，我獨個兒離開了這小屋子。在父親出殯後的第一個朝早，我回來了。這樣一別，中間隔了多長時間呢？七年？還是有十年？

小屋子在離市區三個小時車程的村子裏。村子靠山而成，整個村子數十戶人家，絕大部份都是從事山上的林業工作。在村子裏，父親上山，母親在家，小孩在各自的小屋子裏由村裏的醫生接生出世，然後在同一個校舍裏的小學、中學上課長大，大概就是最典型的成長路線圖。我也不例外，唯一的不同是我從有意識開始，便沒有見過母親。

「媽媽」是這個小屋子的禁忌詞，而我甚至沒有聽過村子裏的人提起我媽媽。我不介意，反正我也不好奇。我從來沒有問過任何人關於母親的事情，而我也安然無恙地給祖母照顧長大，直至多年前的某一天，祖母在這小屋子裏倒下，她再沒有起來，而我也放心離開這小屋子。

小屋子置於村子裏的深處，隱蔽度很高，被四周高高的杉樹包圍。我在村口辦妥父親的死亡報告後，便直接開車回到這小屋子。其實，走路也不過是二十多分鐘的事，但我很怕會在途中碰到任何鄰居，我連假裝聊天聚舊的心力也不願意花。

打開門鎖的一刻，並沒有我想像中「咔嚓咔嚓」的金屬聲音。鎖匙一轉，門就打開了，大概父親在退休後還是保持三不五時就在小屋子裏四處噴WD-40的習慣。小屋子給父親保養得很好，地板依然光亮的，屋內的桌子、椅子、吊燈，甚至杯碟擺放的位置，都跟我離開時的記憶一致。

父親喜歡家裏暗暗的，而我卻喜歡小屋子的陽光。我打開屋子內所有的隔窗後，便走到連接着客廳與後園的外廊，用力打開了拉門。早上的陽光打到我的臉上，我能夠感受到我與它的距離。

「好久不見。」我的影子說。

「別來無恙呀！」我說。

「你好像瘦了一點？」影子說。

「老了一點。我們多久沒見了？」

「二十二年零十日。」

「這麼久了？」

「還好。」影子說。

我與影子從小便在這小屋子一起長大。無論是陽光，還是燈光，影子都會出現。祖母不相信我可以跟影子對話，而當我發覺她真的有擔心我的精神狀況後，我也再沒有跟祖母談起這件事，免她擔心。當然，我從來沒有跟父親提起這件事。

「父親過世時，你在嗎？」我問影子。

「當然不在。」影子說。

「我還以為你會看到他死前是怎樣的。」我說。

「怎可能？」影子說。

我跟影子難得聚舊，也將我在外面見到的世界一一告訴她：高樓大廈、主題公園、夜市、街頭藝人、常常騷擾我的上司、雙層巴士、熱狗，還有她一定會很感興趣的LED燈。當我說得興高采烈的時候，影子突然拋出了一句話：其實，為什麼你可以若無其事地跟我聚舊呢？

「若無其事？」我問影子。

「對啊。」

「因為，這麼多年了，我也不再生氣。」我說。

「你說，你生氣？」影子說。

對，是我生氣。當年，我決定要離開這間小屋子的事，並不是一時衝動，而是經歷過好多個年年月月跟影子商討後的共識。當時，我們決定：若然某一天祖母離開人世，我們也一起離開這小屋子到外面的世界去。終於，那一天到了，我頭也不回地離去，但影子沒有跟隨我。

「我在自己的新居，面對沒有影子的自己，你不會知道我生氣了多久！」我說。

「胡説八道。」

「什麼？」

「不是我沒有跟隨你，」影子說。「而是你沒有帶我離去，是你遺下了我。」

「我沒有啊！我一直都説要跟你一起走的。」

「才不是。你沒有，你沒有帶我走。反正這也不是第一次。」

「什麼不是第一次？」我問。

「你還記得小學五年級的秋季旅行嗎？」影子說。「那一次旅行，是你第一次可以到海邊去，你興奮了兩三個星期，天天嚷着要帶我一起旅行，而我真的以為你會帶我去。但最後呢？你記得最後怎樣了嗎？」

「我不記得，那是小時候的事。」

「對，總之，你就是記不起來，記不起你遺棄了我。」影子說。

「沒有，我不相信你，明明是你沒有要跟我走。」我說。

影子與我，各執一詞地爭論下去，我沒有說服她，她也沒有說服我，我們只是將自己積壓了多年的情緒完完全全地傾瀉出來。我倆一直聊到黃昏太陽下山，也是我要開車離開的時候了。最後，我問影子：「這麼多年來，我有一個問題一直想問，但又沒有問你，我想問，我跟母親長得像嗎？」

影子沒有回答我，也沒有跟我說再見，而我則靜靜地關好門窗後離去，再一次離開這小屋子。

原載於《StoryTeller》

在餐桌上的砷砷鳥

「我喜歡食麵的俐落，啜一聲吞下，啜多幾聲就吃飽，不像吃飯的矯揉造作。」這是他的開場白。

我跟他在一家位於街角的麵店認識。麵店晚飯後才開門，從宵夜到早餐，只賣一個款式的麵條——叉燒拉麵，也不是日式叉燒，而是燒味叉燒。這家店的拉麵，不能走青，不能小辣，一家店兩張桌子坐八個人，一人一碗麵，簡簡單單。我跟他呈「L」型的坐着，他是一個三十歲左右的男子，瘦巴巴的，有輕微的駝背。

「吃飯又怎會是矯揉造作呢？」我有點不服氣地問。

「那還用問嗎？」他說。「飯，要一啖一啖地吃。」

「對啊，但是……」我正要說話時，看見他拿筷子的左手手背像給火燒過一般，雖然已經沒有紅腫，但卻是一組多層式網狀的疤痕，看得我起了雞皮疙瘩。

「吃飯，要叫齊所有長輩才能吃。」他繼續說。「吃飯，好多規矩。」

「例如呢？」我問。

他眼窩內那對混濁的眼珠開始骨碌碌轉動，一邊轉動，一邊跟我說明吃飯的規矩。就算是筷子，也已經有很多規矩，「筷子總是要一雙雙的，不能一根一根的傳遞」；「筷子不能插入飯中，也不能插入餸菜中」；「筷子尖不能指到別人」；「無論夾、挑、舀、撅時，筷子末端都不能交叉」等等等等。他從開飯前的規矩說起，言談間讓人想像到他出身在一個大家庭，什麼骨碟、公筷，我從來沒有在家中吃飯用過，而他卻說來平常。

他一本正經地説道，有些事説得有趣，我也沒有敢笑出來。原來，吃飯的速度，添飯的次數都有講究，而且飯後還不能離座，要等待其他人都完膳了，才能一起離席。

「那麼吃得最慢的那一個不是很大壓力嗎？」我問。

「對啊，」他吞下了最後一口麵。「有時候壓力大到胃痛，根本吞不下，吞不下就更大件事了，這是砷砷鳥最討厭的。」

「什麼叫砷砷鳥？」

「你這個人真有點傻，連砷砷鳥都不懂。」他說。

我們付了麵錢，讓了座位出來，到店外抽菸。他點的菸，有一種奇怪的氣味，有點像奶油的味道。他繼續跟我説砷砷鳥的事。砷砷鳥是一種白身紅翅的雀，又叫努貝鳥，因為開聲叫起來時會發出「砷砷、砷砷」的聲響，所以大家叫牠為砷砷鳥，牠們棲息在地勢較高的岩原上，後來才被人抓回來養殖。

「在我們出世一千天的日子，家族裏最有資格的長輩，就會幫我們舉行一個開筆禮。」他輕蹙了眉頭說。「那枝毛筆是用我們的乳髮造成的，長輩會提着我們的手，握着胎毛筆，點上紅色的墨，在我們的額頭畫上一筆，又在砷砷鳥的冠上畫一筆。以後，那隻砷砷鳥就是跟着我們的。」

「很好玩呢！」我興奮地說。

「一點也不好玩。」他説着伸出了左手手背。「這些傷痕都是我的砷砷鳥啄成的。」

「為什麼啊？」

「就是我沒有遵守吃飯規矩的懲罰。」他用右手手指敲着左手的手背。「砰砰鳥會陪伴我們一起吃飯。吃飯的時候，大家都不能出聲，很靜很靜。只要我們稍微沒有拿好筷子，或者掉了飯菜在桌上，砰砰鳥就會『啪噠啪噠』揮動翅膀，『砰砰、砰砰』啄我們的手。」

「想一想都覺得痛。」

「主要是驚。」他說。「驚比痛，更難受，令人心裏發毛。而且我是天生的左撇子，給啄的機會就更多了。」

「左手。」我說。

「因為我必須改正過來，用右手拿筷子啊！」他淡淡一笑。「那也是規矩。」

「什麼樣的規矩？」

「你試想一下，一家人圍着圓桌，都是左手拿碗，右手拿筷子，你一個人用左手拿筷子，不就是會頂撞到旁人的右手手肘嗎？」

「會嗎？」

「砷砷鳥覺得會，」他笑説：「於是只要我一個不留神用了左手提筷，手背就會多了兩道血痕。」

「砷砷鳥好狠呢！」

「的確是，是牠的天性。」他説。「喔，你會想看看砷砷鳥嗎？」

「牠會啄傷我嗎？」

「哈哈，你不在牠面前吃飯就可以了。」他取下了口中的菸在欄杆上捻熄。

他的家跟麵店，只有四百多米的距離。我們走上了七層的樓梯，到達他的天台屋。經過一間屋時，他用力敲了敲那道鐵門，向我介紹那是他的住處，然後我們便沿着兩邊鐵皮屋擠出來的狹小通道繼續往前走，通道上殘留了雨後的積水，反映出來的光，成為了我們僅有的照明。我跟在他後面走，又穿過了一道有蓋的走廊，走廊的盡頭有一扇紅色的門。

「砷砷鳥就在裏面了。」他打開大門的鎖。「我們的家族世代就是以養砷砷鳥為生。」

門一打開，我就愣住了。三百多呎的房子裏，排了六行一米半高的鐵籠，而鐵籠裏擠滿了密密麻麻的砷砷鳥。砷砷鳥大概有三十多公分的高，眼睛轉動着呆滯的青光。

「這裏有上百隻砷砷鳥吧。」我說。

「二百三十七隻。」他嘴角露出了笑容，而我卻像感到有什麼沉重的東西要沉入胃底。

「來，我給你看些好玩的。」他從身旁的櫃子上拿起一碗米，然後往房子裏一撒，砷砷鳥頓時像瘋了一般，爭先恐後地撲起翅膀，六行的鐵籠都在跳動，加上砷砷鳥齊聲聒叫的「砷砷」、「砷砷」，我感覺那聲音之大，快要震破房子的玻璃。

「砷砷」、「砷砷」、「砷砷」、「砷砷」……

「我以為你是要給我看你的砷砷鳥呢！」我說。

「我的砷砷鳥？」

「就是那隻跟你一起長大的砷砷鳥。」

「喔。」他像突然想起什麼來的樣子。「那鳥死了。」

「死了？」

「我們成人禮的時候，都會把自己的砷砷鳥煮了吃。」他又露齒一笑。

我實在受不了，甩了甩頭，轉身就走，一直往有光的方向走出去，背後傳來「砷砷」、「砷砷」、「砷砷」、「砷砷」……

原載於《SAMPLE》ISSUE 6

落場時間

因為失戀，我一個人網購了一張單程廉航機票，訂了三天的酒店住宿，收拾了兩套衣服，便到鄰國去了。大家說散心是緩和分手情緒的好方法，但我覺得花錢的效果更好，財散人安樂，至少安樂一陣子。

沒有行程，沒有導遊，沒有必要的景點，我在機場跳上了一架巴士，巴士號碼是她的生日月份和日期。我在那沒有冷氣的車上選了一個靠窗的位置，喚起了兒時坐巴士的感覺，暖風暴烈地吹得我的頭髮亂糟糟，我睜不開眼睛望風景，不久就睡着了。

巴士到達目的地，我才醒過來。行李還在身旁，銀包也在口袋裏，一切安好，我便下車。原來，目的地是一座石建古教神殿。

神殿是露天的，面積大概有一個七人足球場的大小，地方不算大，卻是人頭湧湧。乍看之下，這些人都是本地人，都是善信，只有我一個外來的旅客。我不知道這是什麼宗教，他們不帶香燭，身上也沒有多餘的裝飾，只是安靜地圍着神像靜坐默禱。

我想，這應該是一個多神論的民間信仰，神像的樣貌、外表幾乎都有一點自然物的來源，但又各具特色：有黃皮虎頭人身、有着了火的獅子、有一對獠牙的雞泡魚，還有一位大概是鸚鵡混種火雞的神祇。

祂們各位的座下都有名號和簡介，可惜都是我看不懂的文字，而我也不認為在場有任何人可以順利跟我溝通。這也很好，難得耳根清淨。

明明是黃昏，我卻感覺烈日當空，而我抬頭望天之際，神殿的某處響起了三下低音的敲鑼聲。在場正在默坐的信徒隨即一個二個起身，慢慢步出神殿。哦，這大概是閉館時間。於是，我也隨着人潮往出口的方向走去，這時候，神祇們也從自己的寶座走下來。

神祇們從寶座走下來，而在場隨了我以外，無一人驚訝。只有我一個人能看得見神祇真身嗎？還是那些神祇是人扮的呢？但如果是人扮，那麼其他人就必然可以看得見，又為什麼還會向神祇禱告呢？

神祇混在人群中往殿外走去，我盡力尾隨。人群與神祇一直往濕街市那邊散開，終於不再擠擁，然後我見到神祇們在一個路邊小炒檔找位置坐下，祂們沒有坐在一起，而是各自找位置，並且如常人一般點餐。廚師手勢很快，神祇們點的串燒、糕餅、河粉不一會兒就送上桌子。我隔着一條馬路的距離觀察，看着「獅子頭」狼吞虎嚥的樣子，我肯定祂不是人扮的。

此時，獅子頭旁邊的客人走了，空出了位置。我鼓起勇氣走過去坐下，獅子頭繼續專注進食。侍應隨即走來說了一串我聽不懂的話。當然，我猜想他在問我要吃什麼。我指了指獅子頭的食物，但侍應好像不明白一般，重複說着同一句話，而且說得越來越焦躁。

「你要凍水，還是暖水？」獅子頭突然問我。

「暖水。」

「要吃什麼？」

「河粉就好了。」我說。

獅子頭幫我點了餐，然後繼續進食，而我便像祂的信徒一般靜靜地默坐在祂身旁。

「為什麼你會說我的語言？」我按耐不住地問獅子頭。

「我是神。」

「對。你是神。」我感到語塞。「那麼，你會聽到我的心裏話嗎？」

「可以，」獅子頭說。「從你進入神殿的好奇，心裏取笑我的頭飾，以至一直尾隨我們時想的說話，我們都聽到。」

此時，我發現所有在場的神祇都望了一望我。我心裏一寒。

「不用怕，」獅子頭繼續說。「我們只會聆聽，不會作別的事。」

「你們同一時間聽到這麼多人的聲音，不會搞亂，或者感到煩厭嗎？」我好奇問。

「不會。」

「怎可能？」

「我是神。」獅子頭又說。

「那為什麼神要吃東西呢？」我不服氣地說。

「為什麼神不能吃東西？」

「因為神應該比人厲害啊！不用睡，不用吃。」

「神是比人厲害啊！」獅子頭吞下了最後一粒炸雞。「我剛才說了，我是神，我們只會聆聽，真心、專心地聆聽，而人是不懂得聆聽的，尤其是這麼多而不一致的聲音。」

獅子頭吃完飯起身就走，我追問了一句：「獅子頭神，那麼我現在可以跟你許願，讓你聽我的煩惱嗎？」

獅子頭轉過頭來跟我說：「那也不行，現在是我的落場時間。」

原載於《StoryTeller》

西門說

我讀研究院第二年的時候，在籃球場認識了一位朋友。年紀跟我差不多大，二十多歲的青年，染了一頭正在褪色的金髮，下巴長滿了鬍渣，他的名字叫西門。那陣子，我不知道發了什麼神經，應該是失戀吧！習慣每天午飯前到公園跑圈，公園的緩步徑繞過球場，而球場上總有一個人在射籃，他就是西門。誰會在烈日當空的正午運動呢？就只有我們。

西門的生活規律得比我更像一名研究生（老實說，研究生的生活並不怎麼規律）。他上夜班通宵更，放工回家睡醒以後，中午便到球場射籃，然後再回家洗澡上班去。他中學畢業後決定不再讀書，那不是因為他的成績上不了大學，而是他知道自己不喜歡讀書。西門不喜歡所謂深度的思考，「無論我再怎樣故作思考，也是沒辦法理解這世界的。」西門說。他喜歡一切重複的工作，就像射籃：雙腳比肩略寬，右腳在前，左腳在後，手肘跟球與籃框成一直線，出手時手臂呈九十度角，出手點在額頭上方十五厘米，投球。只要按照以上的步驟，每一個關卡都做得準確，球，自然會進籃。

他努力找這種機械性的工作，但他又發現，這些工作大多交給真正的機械處理了。最後，他到了迷你倉當夜班保安，每一個晚上按照固有的時間表於迷你倉內巡邏、確保空調正常、倉門鎖好、倉內沒有人留宿，然後回到保安室，看着閉路電視畫面、按時間表記錄每一個畫面是否正常，並等待下一節的巡邏時間。

在我們認識三個月後，我找了一個機會去探班。迷你倉在工業區，從地鐵站走過去大概要十五分鐘。西門畫了一幅簡單的地圖給我，我以為那是多餘的，明明那邊的路就是清清楚楚，大有、雙喜、三祝、四美，如此類推從一到八的街名，豈知道我就真的找不到他公司所在的工業大廈入口。最後，我還是撥號到他的保安室，要他下樓接我上去。

西門引我走了迷你倉一趟。迷你倉有兩層，兩層的結構近乎完全一樣，每一層有一百八十間儲物室，分佈成四行，中間的兩行儲物室背靠背，形成了三條長走廊。儲物室的門油上了天藍色，每一個房門上都有一個白色的號碼，以及銀色圓形把手，除此之外，再沒有多餘細節。天花燈是通明的光管燈，地面舖上了塑膠灰色地板，每踏一步都會吱吱作響。西門的保安室在二樓的東面角落，兩點四米乘兩點四米的狹窄空間，一桌一椅，一排螢幕。

我在那裏逗留了大概十分鐘，便找藉口走了。

兩星期後，西門託我幫他替更。他說內地有親戚突然入院，必須回去一趟，事出突然，其他同事又不願意替更，「所以抱歉，要麻煩你一次了，幸好上次你有來參觀一下。」他說。

我想跟西門說，他工作的地方真的沒有什麼好值得「參觀」第二次的。但，我答應了。西門是一個誠懇的人，也不輕易要為別人添麻煩，這樣的人開口請你幫忙，你是不應該拒絕的。我換了一件衣服，帶上了孟若的一本小說集，下午六時來到了迷你倉。西門再一次簡介迷你倉的平面圖、當值的工作、閉路電視螢幕、萬用匙等等。鉅細無遺，但我都沒有細心地聽，反正我替更一晚，「你一切順利吧！」「謝謝。」他說。「我明天會一大早趕在早班同事回來之前回到的，放心。」

我沒有不放心，我心想。

為什麼有人會用迷你倉呢？當然，是因為家裏儲物空間不足啊！那為什麼我們不把東西丟掉，而費心費力將它們收藏在迷你倉呢？我曾經有一個朋友，父親不幸早逝。在父親出殯後的第二日，他將家裏所有跟父親有關的東西都送到倉庫去。他沒有選擇自動轉帳，而是每月到銀行付迷你倉的租金，「就像每個月付一次家用」，他曾經這樣告訴我。在我以萬用匙打開122號房間參觀時，我想起了這個朋友，而我也發現，在這些房間裏的物件也不像是什麼珍貴的東西。

在這些藍色門後，最多的是密封了的紙箱，或膠箱，也有不少尼龍袋，裏面有衣服、棉被、球鞋、音響、玩具、過期宣傳單張、CD、VCD、MD、雜誌等等，其中一間房還有一部單車。

我回到了二樓的保安室，開了一罐黑啤，喝了幾口，坐在辦公椅上看小說。啤酒不太夠凍，但很適合這超現實的感覺：我，在深夜，不在大學宿舍，而在迷你倉的保安室，面對十數部閉路電視螢幕，讀小說。四周燈火通明，卻一片寂靜，且有令人不爽的低頻聲，以及偶爾聽到外面經過的貨車聲。我最後一次看鐘是凌晨一時多。我不知不覺睡着了。

醒過來時，我花了兩三秒鐘搞清楚自己身在何方。對了，我在替更。我看了看牆上的鐘，是兩時十分。我才睡了半小時。我望了望面前的螢幕，這個角落，那個轉角，都沒有異樣。我的眼睛開始慢慢找回焦距，卻又感到地板的正下方有一種「感覺」。那不是聲音，也不是碰撞，而是像小時候開啓映像管電視機的感覺，明明調較了靜音，但你還是「聽到」開了電視的感覺。是我剛才在樓下不小心開了什麼機器嗎？

雖然感覺是來自正下方的房間，但我卻要到走廊另一端的樓梯，才能夠走到下一層。我走過二樓的走廊，躡着腳步走下樓梯，慢慢步近那一間房間時，開始隱約聽到一些有規律的聲音，是有節奏的敲擊聲。我穿過一樓的走廊，聲音越來越清楚，那是太鼓的聲音。聲音，從23號房傳來。

我深深吸了一口氣，腋下都是冷汗，繼續沿着一樓的走廊走近23號房間。我小心翼翼地走，免得球鞋底發出吱吱吱吱的聲響。一步，一步，　步。然後，我停下來了，因為我看見23號的房門，並沒有完全關上。是我剛才沒有關上嗎？我有參觀過那一間房嗎？是不是有客人深夜來訪呢？他們，可以自出自入的嗎？

我滿腦子問題，而腳步卻沒有停止。那是怎麼一回事呢？我的身體正不由自主嗎?我來到了23號房的門外，鼓聲震耳，卻又有節奏，而在鼓聲之間，我居然聽到了有人在談話，他們在說什麼?是我聽不懂的語言。那真的是語言嗎?那更像是一種噴氣聲，但我又直覺他們在溝通。我尖着耳朵傾聽他們的聲音，目光無意間看進了門縫。

我，看見了那東西，四目交接，我看到了那一對藏在長毛底下像深淵一般的眼睛。

我再醒過來時，手臂麻了。我在保安室。喉嚨很乾，但啤酒已經溫了。我看了看螢幕，一切正常。在這裏，我分不清日與夜，無論是深夜，還是白天，這裏都是通亮的。時鐘指示六時二十分，而我聽到，外面的車聲越來越密。我再沒有走出保安室。直至七時十三分，西門回來了。

我無法說明昨晚的經歷，所以我決定隻字不提。我認識那東西，我曾經在書上見過它，它來自日本吧！它叫什麼名字呢？它是來自東北地區的。為什麼它們會從寒冷的北方，飄洋過海來到南方呢？

「昨晚過得怎樣？」西門靠着保安室的門問我。

「沒什麼啊。」我說。「就是外面的車聲有點吵。」

「是嗎？」

「是啊。」

「是有點吵。」西門說。「你沒有看見什麼奇怪的嗎？」

原載於《StoryTeller》

深夜洗車工

如果你是駕車人士，應該都會有這樣的經歷。某一天，當你到停車場取車時，你發現車頭的水撥有一張「定期洗車服務」的廣告卡，上面寫有收費內容與電話號碼。你打電話過去，某人跟你確認以後，洗車服務就會開始。

每一晚洗完車，他們都會撐起水撥以作標示，而你又發現，其實你前前後後左左右右的車，它們的水撥都是撐起的。奇怪的是，無論你多晚回來，又多早出發，你都會發現，深夜洗車工已經清洗好你的車。究竟，他們是什麼時候來洗車的？他們怎樣知道我的車回來了？為什麼我從來沒有見過他們？

阿水和平常一樣，在凌晨一時清洗完A13車位的「掃把佬」後，就沒事情做了，每一晚，他都要等B57車位的「A仔」回來，他才能夠下班，幸運的話，可能等到兩時多，但碰上車主比較盡興的晚上，阿水可能要等到清晨。

阿水一個人坐在角鐵手推車上，從停車場二樓的通風口眺望屋苑的游泳池，游泳池泛起藍藍的光。這時候，停車場的「地主」小花貓現身了，地主是一隻三色貓，一身黑色、橘色、白色，每晚這個時候都會來跟阿水討吃。「為什麼游泳池這麼晚也要開着燈呢？這裏的管理費多少錢一尺？」阿水跟地主說。

阿水沒有經常和地主說話。相反，他喜歡跟地主一起聽電台節目，深夜的電台節目少了很多笑聲，多了不少音樂，而只要有吃的，地主都會乖乖坐在阿水腳邊，伴着阿水聽廣播。那一天，主持人正在分享一個日本富士電視台從九十年代就開播的長壽電視系到。

忽然一留神，阿水聽到二樓盡頭傳來了窸窸窣窣的低頻聲音。這個停車場的聲音，無論是機房發出的轆轆聲、各車款的引擎聲、冷氣機的水滴聲，甚至是深夜水管發出奇異的像嬰兒嚎嗚的聲音，阿水都見慣不怪，而且能夠一一辨認，唯獨這窸窸窣窣的低頻聲，讓阿水感到有點不自在。

「那是B57換了新車回來嗎？」阿水一邊想，一邊推着手推車往那聲音走去，而地主則反方向離去了。

B57的車位，還是空的。

阿水發現那窸窸窣窣的聲音，來自車位後方的百葉窗式不鏽鋼排氣口，就在這一刻，阿水見到一團軟綿綿的毛髮，像墨魚汁忌廉湯一般從排氣口流出來，流到地上，像一攤水，又像一團毛。

阿水睜大眼睛看着這一攤物質，氣定神閒。這是怎麼一回事呢？那一團毛慢慢變大變大，表面的毛髮越來越鬆，然後，它張開了一雙眼睛。

阿水望着它，它望着阿水。

「你見到我嗎？」它說，而阿水聽來，它的聲音卻像是從阿水自己後腦骨的震動傳到耳骨。

「我當然見到。」

「嗨，你還聽到我說話呢！」它又說。

「你不要進入我的腦袋。」阿水說。

怪物沒有耳口鼻和臉孔，但從它的眼睛，阿水感覺到它嘻皮笑臉的。阿水慢慢細看怪物的外型，但除了看起來柔軟的黑色毛髮，以及一雙水汪汪的眼睛外，什麼都沒有。

「你有名字嗎？」

「嗨，有啊！」它又傳來了聲音。「我們叫毛羽毛現。」

「毛羽毛現？」

「對啊，毛羽毛現。」

「你好，毛羽毛現。」阿水說。

阿水與毛羽毛現就這樣坐在B57的車位上聊起天來。毛羽毛現興奮時，會不自覺地搖晃自己軟綿綿的身軀，在阿水眼內，甚是可愛。原來，毛羽毛現是追蹤水源而來到這個停車場的。從前，毛羽毛現會趁着四下無人的時候，到各家各戶的廁所喝洗手盆的水，但現在的廁所越來越小，小到毛羽毛現也擠不進去，它便到停車場喝洗車水。

「所以你每晚都在喝我洗車過後的積水？」阿水問道。

「不是啊，這是我剛來到這停車場的第一晚。」

「真巧呢！」

「對啊，嗨，很久沒跟人類聊天。」

「你要喝很多水嗎？我可以每天準備給你喝。」阿水說。

「嗨，你人真好，其實我不缺水，只是天性要我不斷喝水。」毛羽毛現說罷，便蜷曲起身軀，而水隨即從它的身體源源不絕地湧出來，湧出一地面的水。然後，毛羽毛現轉動自己的身軀，像一條會自轉的毛巾刷，隨即又將地上的水喝乾了。

「所以你是用毛髮喝水的！」阿水驚訝地說。

「嗨，當然！」毛羽毛現說。「難道你看到我有嘴巴嗎？」轟轟隆隆，這時候，B57車位的「A仔」剛好回來了。阿水以最高的速度連人帶車閃到車位後方的暗角，對，是阿水，連同他的手推車避走，而毛羽毛現卻是大模大樣地站在原地，它不認為車主會見到它。

車主走了，阿水推着手推車出來，準備洗車。

「嗨，為什麼你剛才要逃走呢？」毛羽毛現問道。

「喔。」阿水向車頭倒水。「沒有啊，我只是……」呼的一聲。毛羽毛現在車頭轉了一轉，阿水剛剛潑出的水就被毛羽毛現瞬間吸乾了，而且整個車頭，頓時光亮起來了。

「嗨，對不起。我剛才忍不住呢！」毛羽毛現說。

「你好厲害。」阿水說。「你洗得很乾淨呢！你的毛轉一轉，車面就光亮了。洗車是我唯一會做的事呢！」

「嗨，你會洗車，很厲害。我什麼都不會做的。」

「你什麼都不會，但都比我洗得好。」

「有嗎？嗨。我有嗎？」毛羽毛現興奮起來了。「我有嗎？我有嗎？」

「有有有。那你也把這些水喝下吧！」阿水隨即將水潑到整個車身。一秒之間，毛羽毛現在車上轉了一轉，便將車子洗刷乾淨了。

阿水望着毛羽毛現，毛羽毛現望着阿水，他們有了一種默契，而阿水開懷地笑了起來。

有時候，有一些事，你花了一輩子的時間努力而終於成為箇中高手，卻有一個人突然闖入你的生命，輕描淡寫隨隨便便的一試，便成了高手之上的高手。

洗車，是阿水的全部，而水，是毛羽毛現的生命。阿水沒有因為此事而放棄了工作，相反，他得到了極大的啟發。之後的一個月，阿水與毛羽毛現合作無間，阿水潑水，毛羽毛現喝水，順便洗車，雖然是順便一洗，卻洗得比誰都乾淨。

毛羽毛現也不是笨怪物，經過一個月的相處，它才慢慢信任阿水，然後才跟他介紹它的親朋好友——許許多多的毛羽毛現。從此，阿水與毛羽毛現建立起一套完善、快捷、品質一流，而且極為低廉的洗車服務系統，在不到半年的時間，他們襲斷了整個區域的停車場洗車服務。

有一天，阿水與毛羽毛現坐在沙發上看電視。

「嗨，」毛羽毛現突然問道。「那時候，你為什麼要逃到暗角去呢？」

「那時候？」阿水說。

「對啊，那一次B57的車回來時，你驚嚇得立即逃跑呢。」

「嗯。」阿水的眼睛還是盯着電視螢幕。

「你見到我都不怕，為什麼會怕見到車主呢？」

「因為，」阿水說。「因為他們不會想見到我一個人。」

「為什麼呢？」

「他們以為一個月付數百元，會有一隊人幫他們洗車。那才是他們想像的服務。」說罷，阿水將一盆水潑到地板去。

原載於《StoryTeller》

嘩哩嘩哩軍團

媽媽從小告訴我們，夜裏路邊沉重的「嘩哩嘩哩」聲，是牛蛙的叫聲。但，你真的有在路上見過牛蛙嗎？

那一夜，阿輝匆匆忙忙從鐵路站抄小徑回家。這樣做肯定會給母親責罵的，阿輝的母親說了很多很多次：在晚上不能走這條沒有街燈的捷徑回家。但是，那天晚上，他管不了這麼多。這是媽媽答應讓他出夜街的第一次，而他答應了媽媽在十一時正之前回家。「媽媽不會知道的。」阿輝心想。「而且，上兩星期才有人在那路上安了兩盞街燈。那一條路，已經跟從前不一樣了。」

路，還是那一條路，但這一次走來，他卻看見了不一樣的東西。

牛蛙的叫聲相當響亮，在濕濕亮亮的小路兩旁左右對唱。阿輝快步走着，球鞋底發出「啪嗒啪嗒」的聲音，這還是他第一次在街燈照明下走這條路。他抬頭見不到月光，取而代之，是令人眼眩的街燈白光。白光照出樹影，打到地上，乍一看時，還以為是母親跟他在睡前玩的手影戲。

突然，阿輝感到一陣暈眩，隨即一聲巨響，前方數十米外的街燈熄掉了。「這些燈，這麼快就壞了。」他心想，不過這也不是什麼出奇事，出奇的是他接下來要看見的事。

從剛才開始，小路左側的牛蛙聲，越來越沉重，也越來越急，嘩哩嘩哩、嘩哩嘩哩。隨着牛蛙聲越來越響，路上零零散散的樹影慢慢像水池裏的魚兒，在地面上游來游去而越游越大，變成了一團一團的黑影，黑影從地面浮現起來，一隻、兩隻、十數隻、數十隻⋯⋯

它們成了一團立體的黑影，而且張開了一雙發出黃光的眼睛，還有一對腳。它們兩隻一行，背對着阿輝，像蛙一樣的雙腳一跳一跳的往前方走。它們一邊往前跳，一邊繼續「嗶哩嗶哩」地叫，叫得越來越有規律，還變成了阿輝能夠聽懂的一首步操歌：

「背嘍背嘍，背嘍背嘍，不差提不差提，
背後一束光，不要望回頭，
背嘍背嘍，背嘍背嘍，不差提不差提，
前面無去路，快步快步走，
背嘍背嘍，背嘍背嘍，我們找背郎，找到好肩膀。」

仔細一看，這一隊黑影隨着歌的節奏步操起來，彷彿一隊黑影軍團。它們「背嘍背嘍，背嘍背嘍」，一雙一雙的跳入前方望不見的黑暗處去了。突然，不知何故，剛才熄掉了的街燈閃了一閃，嚇得這些黑影四散，「背嘍背嘍，背嘍背嘍」地跳入兩旁的草叢去了。這是怎麼一回事？

遠方的街燈又閃了一閃，然後連同阿輝頭頂上的街燈一同熄掉了。同時，阿輝熟悉的月光也出現了。「原來，今天是滿月。」滿月獨佔了一片晴空，地上的黑影軍團慢慢又再「背嘍背嘍，背嘍背嘍」浮現出來，繼續往前走。

「背嘍背嘍，背嘍背嘍，不差提不差提，
頭上有月光，可以望一望，
背嘍背嘍，背嘍背嘍，不差提不差提，

一雙又一雙，我們找背郎，

背嘍背嘍，背嘍背嘍，我們找背郎，找個好地方。」

此時，阿輝聽到耳背後一聲「背嘍背嘍」，接着右肩膀沉一沉，感覺像突然掛上了一個很重的背包。阿輝轉頭一看，才發現後頭有另一隊黑影軍團在等着他讓路。他無可奈何地站到一旁，讓那一隊黑影在他面前跳過，而當它們經過阿輝時，都會以它們溫柔的黃眼睛對他眨一眨眼。

黑影軍團繼續唱着「背嘍背嘍」，源源不絕地在阿輝面前經過，他左望右望，既看不見來路，也看不見盡頭，他既插不進它們的隊伍，又心裏着急要快點回家。當阿輝一留神，他發現，在那些有規律的歌聲與步操聲中，又出現了「嘩哩嘩哩、嘩哩嘩哩」的牛蛙聲。

「那些牛蛙聲不是都變成『背嘍背嘍』的聲音嗎？」

此時，黑影軍團裏跳出了一隻較矮小的黑影，嘴裏喊着：「嗶哩嗶哩、嗶哩嗶哩」。

「原來，牛蛙是長這個樣子的呀！」阿輝大吃一驚地叫了出來。

「嗶哩嗶哩。」那矮黑影說。「你說誰是牛蛙？」

「你啊！不就是你『嗶哩嗶哩』地叫嗎？」阿輝說。「媽媽從小告訴我，這沉重的『嗶哩嗶哩』聲，就是牛蛙的叫聲。但我還是第一次見到牛蛙呢！」

「小兄弟，我才不是什麼牛蛙。」它說。「嗶哩嗶哩、嗶哩嗶哩。我是找背郎。」

「找背郎？」

「嗶哩嗶哩。」它說。「對啊，『嗶哩嗶哩』是我給他們的步操指令，我們在趕路呢！」而因為它無緣無故說多一次「嗶哩嗶哩」，隊伍的步伐稍微凌亂了。找背郎隨即又叫了兩聲「嗶哩嗶哩、嗶哩嗶哩」，然後找背郎軍團即唱起步操歌來了：

「背嘍背嘍，背嘍背嘍，不差提不差提，
看見了人類，是個好彩頭，
背嘍背嘍，背嘍背嘍，不差提不差提，
陪我們上路，邊吃邊走走，
背嘍背嘍，背嘍背嘍，我們找背郎，找到好肩膀。」

「小兄弟，你什麼時候開始看到我們的呢？」找背郎說。

「從剛才那前面的街燈熄掉時。」

「那麼，看了一會兒了。嘩哩嘩哩。」

「是啊，」阿輝說。「找背郎大哥，請問你們還需要多長時間呢？我在趕路回家，可以讓我一下嗎？」

「嘩哩嘩哩。」找背郎說。「這樣？對不起，小兄弟。但是我們也在趕時間逃難。請你多等一下。嘩哩嘩哩。」

找背郎軍團繼續前進，步伐一致，繼續唱着軍歌：「背嘍背嘍，背嘍背嘍……」

「你們為什麼要逃難呢？」阿輝問。

「這事情，」找背郎說。「嘩哩嘩哩。說來話長……」

原來，找背郎不是這一個矮黑影的名字，而是它們這一類的名字，它們都是「找背郎」。找背郎古靈精怪，活躍於雜草叢生的黑暗路徑。它們以人類肩膀上的靈火為食糧，並且會在黑漆漆路上，等待經過的人，在他們背後耳邊説一句「背嘍背嘍」，然後就會吃掉那人肩膀上的靈火，那人會頓時感覺肩膀一重，感覺像有重物粘在肩膀之上，重得伸直膀子也會有點困難。

找背郎不能夠長期活於光明之下，因此，每當它們生活的路徑裝上街燈，它們就要逃難搬家，趁街燈壞掉的一閃一閃之間，把握時間，在光與暗的影子跳動中逃到沒有街燈的路徑去。

「嗶哩嗶哩。」找背郎説。「從前，我們一隻找背郎能夠獨佔一整條路。現在，有人的路，就有燈，有燈，就沒有我們，弄得我們越來越擠迫。」

「那你們到沒有燈的路住啊！」

「那就沒有人，也沒有靈火吃。嗶哩嗶哩。」

「『嘩哩嘩哩』是指令。所以，『背嘍背嘍』又是什麼意思呢？」阿輝問。

「背嘍背嘍，是我們的問候語。」找背郎說。

阿輝看到找背郎的黃眼睛裏，泛起了光。是月光的反射，還是淚呢？找背郎軍團繼續前行，又大聲唱道：

「背嘍背嘍，背嘍背嘍，不差提不差提，
背後一束光，不要望回頭，
背嘍背嘍，背嘍背嘍，不差提不差提，
前面無去路，快步快步走，
背嘍背嘍，背嘍背嘍，我們找背郎，找到好肩膀。」

就在此時，前方遠遠的傳來了人聲。找背郎大哥一驚慌，嘩哩嘩哩、嘩哩嘩哩地大叫起來，找背郎軍團也隨着嘩哩嘩哩的號令四散。

前方的街燈與阿輝頭上的街燈又亮起來。月亮，再一次消失了。

前方傳來人聲的身影越來越鮮明，是阿輝的母親。

「媽！」阿輝叫道。

「我就知道你會走這條路！」

「喔，我怕晚了回家。」

「所以你應該早一點回來啊！」母親說。「這條路危險呢！」

「不會啊，雖然，」阿輝說。「雖然，現在有了街燈。」

原載於《StoryTeller》

斷了網

深夜兩點，夜闌人靜。在這四百呎的兩房單位裏，還有隱隱約約的光。光，來自客廳的金魚缸，以及一道房門底透出的螢幕光芒。

門後，阿仁坐在他新買回來的紅黑色皮製電競椅上，玩着以第二次世界大戰為背景的射擊遊戲。這一個「搶灘」的關卡，他與他網上的隊友已經打了十多次，一直卡關。阿仁戴着耳機，聚精會神，一百七十八度廣視角的三十二吋液晶螢幕上，敵友難分，血肉橫飛。戰況雖然激烈，但在這個一家三口的住宅裏，一切寧靜，只剩下電腦運轉時規律的風扇聲，以及那張紅黑色皮製電競椅椅墊下四把風扇發出的高頻聲，吱吱吱吱，吱吱吱吱……

據廣告商說，電競椅下的四把風扇轉速達5100RPM，可以在一分鐘內為座椅降溫攝氏0.6度，適合亞熱帶地區的電玩玩家長期作戰之用。電競椅降溫的效能還有待考究，但事有湊巧的是，自從這張電競椅到家以後，阿仁總是感覺卡關連連，諸事不順……

「God！」阿仁將耳機扔到桌上，還不小心打翻了未喝完的能量飲品。「怎麼又斷線了！」

當阿仁正在伏擊德軍準備開槍之際，家裏的網絡突然中斷了。這已經是這星期第五次發生的事。這幾天裏，一到深夜，家裏網絡往往無緣無故地中斷。當阿仁到客廳檢查WI-FI路由器的時候，路由器不是關了，就是閃着奇怪跳動的燈。每一次，阿仁都無可奈何地重開路由器，心想「或許是路由器太舊了」，但今天不同往日，因為這部路由器是阿仁下午才新買新裝的，而且竟然就在他眼下即將過關的關鍵時刻，斷了網！

阿仁暴跳如雷，打算到客廳咒罵這新來的路由器，而當他打開房門的一刹那，阿仁的眼角在金魚缸的玻璃上看到一隻奇怪的「東西」閃過⋯⋯

卜卜一口——日一卜人——人十——戈木女戈——口尸心？

「這——是——什——麼——呢？」阿仁在論壇上求教，還上傳了他畫下那「東西」的草圖。那「東西」大概有一隻成年男人手掌的大小，身體像一隻瀨尿蝦，有頭有尾，尾巴尖尖的，頭部長有毛髮。此外，那「東西」還有一張像鳥喙的嘴，而從嘴兩旁伸出來的是一雙像鉗子的前臂。阿仁心想：「究竟，這是什麼呢？」

不到十五分鐘的時間，帖子的回覆一個接一個的來了：

「網切」

「網剪」

「這是怪物，叫網切」

「問維基啦！」

「網切（あみきり）是日本流傳的妖怪之一。也叫做網剪。根據鳥山石燕的《畫圖百鬼夜行》（1776）的記載，網切有着鳥喙一般尖尖的嘴，像螃蟹一樣具備強而有力的大螯，像蝦子一樣弓着背。在蚊蟲肆虐的夏季裏，網切會潛入臥房用尖銳的大螯將防蚊的蚊帳剪破。（維基百科）」

「你見到嗎？」

「畫得很醜」

「很少出沒的。」

「在哪裏？」

「還會剪壞漁夫晾曬的漁網。」

「網切？」阿仁心想。「這隻古靈精怪不過時了嗎？為什麼忽然跑到我家搗亂？」

阿仁回覆帖子，問道：「求救！怎樣趕走它？」

翌日，阿仁到超級市場購買他的「武器」，還特意買多了一箱能量飲品，誓要在這晚上跟這隻斷他網絡的「網切」來一個了斷。在正常的日子，他每晚平均飲用兩罐半能量飲品，直至手震為止。今晚，他給自己準備了四罐，哪怕會手震至噁心，他都要清醒地捕捉到這隻網切。

「買這麼多東西呢？」阿仁母親從廚房探出頭來，見到阿仁攜着一個滿滿的超市塑膠袋進門。「你用我的儲分卡有折扣的。」

「不用啦，我也不是常常去。」阿仁帶着塑膠袋回自己的房間，關上門。

「下次帶環保袋啦！」母親從廚房叫出來。

晚飯後，阿仁睡了兩小時。起床時，父母都已經回到自己房間休息，家裏回到深夜模式，燈關了，只有客廳半身櫃上的金魚缸亮着，光管燈光與水影反射在牆上，客廳剩下金魚缸氣泵有規律的治癒性噪音。阿仁微微推開房門，打開了一條門隙，僅僅足夠他從房裏窺視到客廳路由器的位置。

阿仁喚醒了休眠狀態的電腦，打開了足球領隊育成遊戲打發時間，同時，也開啟了計算 WI-FI 數據流量的監測程式。

深夜三時多，阿仁已經喝光了三罐能量飲品，血壓處於高水平，金睛火眼，卻有點暈眩的感覺。阿仁帶領的球隊已經四場不勝，處於降班位置邊緣，而WI-FI數據訊號卻一直維持在「強」的水平。

「太悶了。」阿仁想。「這樣下去我會睡着的。」

阿仁關閉了足球領隊遊戲，回到那射擊遊戲的版面。阿仁戴上耳機，開啟電競椅的風扇，聯絡上還在線的兩位公會朋友。

阿仁這晚的發揮處於高水平，平均每三發就擊倒一名敵人，表現是這幾個星期以來最好的。他們一隊人不單完成了長期戰敗的關卡，而且一關接一關地打下去。因為口渴，也因為慣性，阿仁繼續喝下第四罐能量飲品，越喝，喉嚨越乾，再喝，喝得心臟跳動更快，更興奮。阿仁如有神助，狙擊槍例不虛發，一發一敵人。突然，網絡斷了。

這個斷了網的情景，已經在阿仁的腦內演習了一整天。他連放下耳機的多餘動作也沒有做，立刻拿起桌上的殺蟲劑衝出客廳。網切的黑影就在金魚缸後的牆上，阿仁的食指已經做好噴射殺蟲劑的動作……

「嘩！」

「嘩！」阿仁也叫道。

金魚缸氣泵繼續發出規律的噪音。阿仁右手提着殺蟲劑，開口叫：「媽？」

「你怎麼了？」阿仁母親拿着一杯水說。

「WI-FI 好像斷了。」

「那你為什麼拿着殺蟲水？」

「晚上有蟑螂。」

「嗯，我明天去買蟑螂藥。」母親說。「你不要每晚都玩到三更半夜。」

此時，阿仁留意到母親頸側的紗布，問道：「你的頸怎樣了？」

「哦，過兩天可以拆線。」

「什麼事啊？」

「沒事，切了一粒良性瘤，醫生說瘤太大，切了會比較安全。」

「為什麼我不知道呢？」

「哈哈。」母親笑說。「是不是隱藏得很好？我的頭髮剛剛好蓋着。」

「媽，你不舒服就早點休息吧！」阿仁尷尬地說。

「我哪有不舒服？你早點休息才真。斷了網，就早點休息。」說罷，母親拿着水杯回到自己的房間。

翌日，阿仁母親從街市買回來蟑螂藥。從此，阿仁也再沒有遇到綑切，也沒見到蟑螂。

原載於《StoryTeller》

我本應活在水裏

當你撐開你的手掌、腳掌，你會見到什麼？

當然，你會見到手指、腳趾，但我注視的卻是手指與手指、腳趾與腳趾之間的——蹼。「我們又不是青蛙，為什麼我們會有蹼呢？」小時候，我問媽媽。媽媽說：「傻瓜仔。」媽媽，這是答案嗎？因為我是傻瓜仔，所以我有蹼嗎？

我四處問同學，「你知道我們為什麼會有蹼嗎？你們爸媽有跟你說嗎？」同學們的反應是：哪有蹼、不知道、無聊、你買了新出的那款遊戲沒有，以及「這是IQ題嗎？」。沒有人認真看待我這個問題，而我只好在浸浴時，與我的腳趾與蹼對視，直接問它們：「蹼，為什麼你在這裏呢？」

只有在浸浴時，我才覺得可以放肆地胡思亂想。

我喜歡浸浴，從小到大我就喜歡，而當我有機會照顧初生嬰兒時，我發現他們也跟我一樣，很喜歡浸浴，當你打開初生嬰兒的衣服時，他們會哭，哭哭啼啼，直至你將他放入水中。看着他們享受於水中的樣子，我更加相信：我們本應活在水中。

老師說，人類屬於靈長目人科，與大猿、猩猩乃近親。那麼，為什麼我們的皮膚表面少了這麼多毛髮呢？為什麼我們的鼻孔是朝下？為什麼人類可以自主控制吸氣吐氣，而其他靈長類不會？這些，都是為了方便我們游泳嗎？又說，為什麼，我們會有蹼呢？

我吸了一口氣，背脊沿着浴缸的弧度，臉朝天花板慢慢地滑下，水從後頸、髮尾、耳朵，流到眉毛、鼻尖，直至整個頭部都沒入水中。那不是我的淚水，是浴缸的水。從此，世界回到寧靜，我再聽不到洗手間外的家嘈屋閉，聽不到路上塞車時的煩躁響咹，也聽不到電視機上無意義的廣播。

我終於回到我的世界。我本應活在水裏，是什麼將我拉到那陌生的世界。

咕嘟、咕嘟，氣泡湧上水面。

差不多要換氣了。但，但我發現，我升不上水面，是什麼抓住了我？浴缸這麼小，還能夠有什麼抓住我呢？我的手手腳腳都在水面以外，發不了力，為什麼呢？為什麼我上不了水面？我的背部緊貼着浴缸底，貼實了，動不了。

「你不是說自己是活在水中的嗎？」心裏有一把聲音傳來。

對啊，我可以的，我可以活在這裏的。我的耳朵開始打開，我聽到水管裏的流水聲，從浴缸，穿過喉管，流經排污口，流入大海，水帶着我的靈魂游出去；我的眼睛也打開了，眼前沒有金銀珠寶，沒有空空如也的街道，沒有人指罵，沒有人說謊，只有我，與一個粉紅色的世界，是玫瑰香氣的粉紅世界。然而，我的最後一口氣，也快要用盡了……

「砰砰、砰砰！」門外傳來大力的叩門聲，將我從粉紅世界拉回來。我湧出水面，大力喘氣，呼吸珍貴的、可口的空氣。

「你要沖涼到什麼時候呀！」外面又傳來呼叫聲。我沒吭一聲，心想：「我不是沖涼，我只是在浸浴。」

原載於《StoryTeller》

秋

我的名字是秋。

我住的小區，有一個中央公園。公園很大，但人不多，剛好我的小學和中學都在公園附近，這個公園也就成為了見證我成長的地方。在中央公園的中央，有一條直直長長的公園大道，大道兩旁長滿了楓樹，而楓樹下的長椅便是我的餐枱、午睡床、自修室。

當時是中學五年級，我第一次失戀。我坐在樹下的長椅上偷偷飲泣，一片落葉剛好跌到我的耳朵上。輕輕的一次觸碰，那一剎那的觸覺，卻像定格了的慢動作。從此，我聽到了「楓」的聲音。

「你好，我是楓。」

「我是秋。」

「秋，你的樣子看來很愁。」

「是的。」

「常常跟你一起散步的女孩呢？」

「就是因為分手了，所以才愁啊！」

「是嗎？我覺得你平常也是一臉愁容。」

「或許，我是天生愁容。」我說。

「或許，秋加心，就是愁。」楓說。

「你這麼好文采。」

「我有不少詩人朋友。話說，倒沒有見過你跟那女孩牽牽手、親親嘴呢！」

「要牽過手，才算分手的嗎？」

「不是的嗎？」

「是的嗎？」

我跟楓，從此成為了朋友。楓一直都在，但只有在秋天，我們才能真的對話。我還記得，那個跟楓認識以後的第一個冷天：有一天，天氣忽然轉冷，而我也忽然聽不到楓的聲音。

剛開始的一星期，我每天在長椅上坐上四五小時，專心地聆聽「聲音」，希望能夠再次聽到楓的聲音，到某一天，我放棄了，我以為楓再不會出現，我徹底地傷心起來，而當傷心到極致，我又生氣起來，我生氣楓的不辭而別，而到後來，我甚至懷疑：我是否真的曾經跟楓對話呢？

就這樣，夏天過了，秋天到來，楓的聲音，又出現了。就這樣，我每年都有一個多月的時間，可以好好跟楓聊天，我跟它回顧過去一年發生的事，它又告訴我它在高空目睹的種種。然後，就在我認識楓的第六年，在那第六年的秋天，某一日，在我對面總是空着的長椅上，坐下了一名女子。

她，長得很有仙氣，像脱俗的花蕊。她在我眼前坐下時，裙子擺動，連秋風也跟着她優雅起來。此時，她的目光好像掃到了我一眼，我立即收回眼神，並頓時感到一陣寒意爬過背脊，「她有見到我定睛看她嗎？她應該會覺得我是變態。」

「你是變態。」楓說。

「哪有？」

「你緊張什麼？這是所謂一見鍾情？還是純粹的好色？」

「你靜一靜可以嗎？」

「那你直接過去跟她搭訕吧！她在讀Alice Munro的小說。」

「你怎麼知道的？」

「我可以看到。」

「你不要偷看人家好嗎？」

連續一個星期，她都在午餐時間來到公園，坐在同一張長椅上，讀不同的書，每天讀不同的小說，而楓亦同步跟我唸她正在讀的書，一字一字地唸，一頁一頁地唸。

到了第八天，楓跟我說：「天氣越來越冷，落葉越來越多，我們今天應該要做個了結。」

「你又要去冬眠了嗎？」

「我是指你跟她。」

「怎樣了結。」

「其實，」楓說。「只要你與她坐著的長椅之間的落葉，能夠連成一線，同時，你主動跟她搭話，我就可以讓她愛上你。」

「我怎麼從來不知道你會用魔法呢？」

「難道你認為自己可以跟一個無形的聲音對話，是一件比魔法更平常的事嗎？」

我沒有再跟楓爭論下去。因為當我放眼望去，我發現我與她的長椅前，的確滿是落葉，落葉厚厚地堆積起來，幾乎看不見椅旁地面，而落葉更像有生命一般，從各自的長椅出發，越過中間的公園大道，似乎要以上帝觸碰阿當的姿態彼此接近。

只要再多兩三片落葉，落葉就能連成一線了。

我準備好隨時離開長椅，起身到對面攀談的態勢，卻在這時候聽見不遠處傳來「沙沙、沙沙、沙沙」的聲音，公園的清道夫竟然在這時候出現？

眼前又落下兩片葉子，卻偏偏不是落在地面的空隙之上，而清道夫卻又再靠近兩三步。

「我應該怎樣做呢？」我問。

「秋，問你的心，你想怎樣做呢？」楓説。

後來，就是後來的事了。

以上，是我與太太初識的故事，也是女兒在五歲前，總是嚷着要我説的睡前故事。太太與長大後的女兒都以為這真的只是一個故事，而我卻沒有告訴她們：從那天之後，我再沒有聽到楓的聲音。

秋天該很好，你若尚在場。楓，你還在嗎？你，還好嗎？

原載於《StoryTeller》

後記：誰是米哈？

有讀者、朋友好奇：為什麼我要以「米哈」為筆名呢？究竟，誰是米哈？這個故事，又要從另一則我小時候聽來的故事說起，那是一則俄國的童話故事。

當然，一如既往，以下是我記憶中的簡化版：從前，有一個村民養了一隻貓，養了一段日子後，他發現這隻貓不是好東西，便將貓遺棄在森林裏。在森林裏，貓兒找到了一間小房子，並且住進去了。有一天，貓遇上了狐狸，狐狸問道：「你是誰？我在這裏這麼多年，從來沒有見過你這樣的野獸！」貓兒氣定神閒，說：「我是從西伯利亞來的，是派到這裏來當你們的總督。」

狐狸信以為真，還嫁給了貓兒，成為了總督夫人。第二天，狐狸去覓食，捉到了一隻鴨子，卻遇到了狼。狼說：「狐狸，把鴨子給我！」狐狸說不行，狼要搶，卻被狐狸喝止了：「我去告訴總督，他會要你的命！」狼信以為真，還去準備找一隻羊，要獻給貓兒。

在回家的路上，狐狸遇到熊。熊說：「狐狸，把鴨子給我！」狐狸說不行，熊要搶，卻被狐狸喝止了：「我去告訴總督，他會要你的命！」熊信以為真，還去準備了一隻公牛，要獻給貓兒。

狼與熊將羊與公牛，放在「總督」家門前，狼躲在矮林子中，熊爬到松樹上，都不敢直視「總督」出場。終於，牠們聽到了「總督」的喵喵叫聲，無意間貓兒的爪子還抓到了矮林中狼的鼻子，嚇得狼拔腿就跑，而熊也不小心犯了「禁忌」，看見了「總督」的模樣，嚇得從樹上掉下來，跌壞了五臟。

這故事由阿列克謝．托爾斯泰（Alexei Nikolayevich Tolstoy）所

寫（此托爾斯泰，可不是大家心中的列夫·托爾斯泰），而故事中，那熊的名字叫「米哈依洛·伊凡諾維奇」。後來，我還讀了不少俄國文學，每當讀到左琴科（M. Zoshchenko）上世紀二十年代的小品，還是當代波波夫（M. Popov）的小說，我都會想起那一隻熊，那一隻因為假象與大驚小怪，而忘了自己本事的一隻獸。

故事文庫1

佈道後的幻象

作　者　米　哈
封面油畫　智　海
責任編輯　莊櫻妮
裝幀設計　曹智崴（Third Paragraph）
出　版　説故事有限公司
印　刷　高行印刷有限公司
尺　寸　一〇五×一四八毫米　二三六頁
初版一刷　二〇二二年一月
ISBN: 978-988-75261-1-7

Printed & Published in Hong Kong

StoryTeller

説故事有限公司 StoryTeller Ltd.

香港中環士丹頓街十五號一樓
1/F, 15 Staunton Street, Central, Hong Kong
+852 51375776 | info@story-teller.com.hk
https://www.story-teller.com.hk
FB / IG : everyone.is.storyteller